潍县西方侨民集中营

1943—1945年

张执任◎著

Weihsien West Civilians Concentration Camp

中国华侨出版社
·北京·

图书在版编目（CIP）数据

潍县西方侨民集中营：1943—1945年 / 张执任著.
北京：中国华侨出版社, 2025.3. -- ISBN 978-7-5113-9506-1

Ⅰ.I25
中国国家版本馆CIP数据核字第2025T9Z060号

潍县西方侨民集中营：1943—1945年

著　　者：张执任
出 版 人：杨伯勋
策划编辑：肖贵平
责任编辑：罗路晗
封面设计：末末美书
图片提供：潍坊市潍县西方侨民集中营旧址博物馆
经　　销：新华书店
开　　本：880毫米×1230毫米　1/32开　印张：9.5　字数：181千字
印　　刷：香河县宏润印刷有限公司
版　　次：2025年3月第1版
印　　次：2025年3月第1次印刷
书　　号：ISBN 978-7-5113-9506-1
定　　价：78.00元

中国华侨出版社　北京市朝阳区西坝河东里77号楼底商5号　邮编：100028
发 行 部：（010）64443051　　传　真：（010）64439708

如发现印装质量问题，影响阅读，请与印刷厂联系调换。

序
血的历史与跨世代友谊

陆士清

展读张执任先生的《潍县西方侨民集中营：1943—1945年》书稿，心头时不时会被揪紧。

与许多人一样，对于潍坊，我过去知之不多，只知道这是一个被誉为"鸢都"的文化名城，素以绚丽多姿的风筝闻名遐迩，却没想到她也曾经历过那么血腥、黑暗的岁月，有过遭受悲惨劫难和顽强抗争的历史！当我循着张执任先生的叙述，重返那已经十分遥远的年代，触碰到那些被掩埋在时光褶皱里的碎片时，这段沉重的历史就生猛地撞击着我，原先的认知都在顷刻间被刷新，涌上心来的是深深的震撼。

潍坊，过去叫潍县。太平洋战争爆发之后，随着日本与美、英等交战国敌对态势的升级，侵华日军在其占领区抓捕了大批在华工作、生活的同盟国侨民，把他们关进了在多地设立的集中营里。在这些西方侨民集中营中，潍县集中营是规模最大、关押人数最多的，最多时有2250人关押在这里。这些侨民都是平民，是无辜的平民，其中有商人、医生、教师、神职人员、家庭主妇，还有300多名未成年的中小学生，乃至襁褓中的婴儿，他们无一例外地失去了自由，失去了做人的尊严，成了戴上写着姓名和国别的编号布的、日本法西斯铁蹄下的俘虏和囚徒，在潍县集中营的高墙内遭受日军的暴力折磨和摧残。潍县集中营是侵华日军战争暴行的延续，是他们在中国土地上肆意制造的文明之殇。它不仅是法西斯铁蹄践踏人性、践踏生命、践踏人类尊严的铁证，更是人类集体记忆中永远的伤口。

张执任先生的佳作《潍县西方侨民集中营：1943—1945年》，以真实的笔触，详尽还原了80多年前的镜像，为我们揭开了一段触目惊心的血写的历史。

作品是以全程和全景的叙述展开的。

所谓全程，即叙说了日本侵略者以暴力抓捕、关押和在集中营中摧残同盟国在华侨民，以及侨民在集中营里备受煎熬，在忍耐和隐秘抗争、绝望和希望交织中渡过黑暗岁月，到抗日胜利而得以解救的全过程。

所谓全景，即作品始终从集中营内外两个空间交叉展开叙说。

写集中营内，作者以史笔实录在日军暴力统治下，侨民们极其恶劣的生存环境。食物匮乏，缺医少药，疾病肆虐，住宿与卫生条件糟糕透顶，侨民们不管男女老少都在生死边缘苦苦挣扎。尤其是因为食物短缺，人们面容消瘦，憔悴不堪，营养不良，体力衰竭，视力下降，精神萎靡，"大部分成年人瘦到只剩下80多磅"，原来的裤子或裙子"穿在身上好像不是自己的"，"今天脱下鞋子和袜子，不知道明天是否还能穿上"，孩子们更是"一个个面黄肌瘦，指甲凹陷，牙齿松动，本来已经发育的少女连月经也停了"，每一天都是对生命极限的严酷考验。不少人不堪忍受这般折磨，甚至萌生出以自杀终结痛苦的绝望念头。相较于食物匮乏与疫病蔓延，集中营高墙上的电网和架在碉堡上的机枪、探照灯、上了刺刀的步枪和日军看守的凶残与暴戾，则更为恐怖。

同时，作者也深怀同情乃至敬意的文心，描述了这些囚徒的坚强。面对刺刀、饥饿、疾病和死亡的威胁，侨民们没有屈服。他们相互告诫："活下去！好好活下去！"要保持自尊和内心的强大："虽然我们外表上是囚犯，但内心里我们不是！"他们坚持给孩子们进行学校教学，让他们文明成长；他们相互鼓励，相互支持，挣扎求生，甚至组织乐队和演剧队，在困苦中保持乐观；他们千方百计与集中营外的中国老百姓联系，取得了同样在苦难中的潍县人民在物质上和精神上的支持，从而减轻了生存的困境；他们机智勇敢地骗过了日军的岗哨，让狄兰和恒安石跳出了集中营的围墙，与中国抗日游击队会合，为完成日后的解救，建构了基础。

更为可贵的是，作者的笔烛照出了茫茫黑夜笼罩中集中营里闪耀的、善良无私的人性光辉。在中国工作、生活过62个年头的"美国进士"赫士博士，作为囚徒，本可借"平民俘虏交换"的机会走出集中营，但他把获得自由的机会让给年轻人，而把牺牲留给了自己，他在集中营中走到了生命的尽头。还有曾是奥运会400米赛跑冠军、有"飞毛腿叔叔"之称的埃里克·利迪尔，身处逆境，仍然用自己的乐观和坚韧感染他人，帮扶他人，尤其是鼓励和帮助年幼的孩子们在恶劣环境中求得生存。还有……他们是"黑暗中仍然闪亮的灵魂"，他们的精神令人动容。

写集中营外，《潍县西方侨民集中营：1943—1945年》着重揭示了潍县人民虽然也在日伪的奴役中承受着苦难，但他们同情集中营中的侨民，在收到求救的信息后，他们用自己的智慧和勇气，乃至牺牲，救助高墙内的难民。他们用竹竿吊着装有食品的包裹投入高墙，通过墙根下的排水管窟窿往墙内送鸡蛋，最多时一天投1300个。尤其是运粪工张兴泰，冒着掉脑袋的巨大风险，担起了秘密传递情报密件的"信使"重任。潍县一位中学校长黄乐德四处奔走，殚精竭虑筹措为侨民购买救命药的善款，而他的儿子黄安慰、女儿黄瑞云假扮乞丐，冒险徒步数百里，一趟一趟把买药的善款偷偷送至青岛中立国使节手中，使药物成功地运进集中营。集中营岗哨林立，电网密布，靠近就有生命危险，年仅16岁的少年韩祥，就是为给侨民偷运食物触碰到电网不幸身亡，还被日军曝尸多日。潍县普普通通的老百姓，他们与集中营里的囚徒们非亲非故，素不相识，可是他们义薄云天、义无反顾地伸出了援手，甚至献出了生命！

正是因为有了他们的相助和参与反侵略反压迫的斗争，才使得潍县集中营里的囚徒得以渡过至暗时刻，也正是他们与囚徒们的共同谋划，才使得这个与世隔绝的"孤岛"与外边接上了头，知悉外界的信息而增强了生存的信心，也才有了狄兰和恒安石的成功逃脱，以至于有了后来的获得解救。

营里营外，风雨同舟，患难与共的经历，让潍县集中营的西方侨民们与中国人结下了深厚的、血的友谊。这种友谊，跨越了国界，跨越了种族，如今正在跨越世代。在这部书的最后部分，张执任先生让我们欣喜地看到，集中营的幸存者们在回到集中营旧址寻踪时，有的人不但带来了儿子女儿，还带来了孙子孙女，就是希望这种感情能够跨越世代得以延续。正如在中国出生、长大，后来在美国成为作家、讲师和州议员的戴爱美所说："我在潍县学到了一生受用的功课——善与爱一定胜过恶。潍县塑造了我，潍县将永远存在我的心中！"

由于种种原因，潍县集中营的历史曾经被尘封、遗忘数十载。当成千上万的拜谒者和忏悔者络绎不绝地去到波兰的奥斯维辛集中营，去到法国的斯图道夫、德国的萨克森豪森与达豪等集中营参观的时候，这儿却一直在岁月的尘埃下静默着。直到几十年后，随着这个集中营幸存者撰写的回忆录问世与他们的"回家"寻旧，这段历史才浮出水面，被越来越多的人知晓。无论如何，潍县集中营不应该被遗忘！不但不该被遗忘，反而应该被这个世界上更多的人知道，帮助人们以史为鉴，热爱和平，反对侵略战争——正是出于这样的愿望与良知，本书作者通过严谨的历史考证，以非虚构书写的方式写下了这部作品。

我赞成，也赞赏作者的想法，并有幸成为这部书的第一位读者。由于题材的需要，作者采用了理性、朴实的笔墨来书写这部书，但在这些笔墨中，我们仍然能读出饱含着的深情、激情，还有满满的力量。我衷心期待能有更多的人，特别是更多的年轻人通过这部书了解80多年前的那段沧桑历史，期待源自潍县集中营的这份跨国界、跨种族、跨时代的友谊能够世世代代流传下去。

是为序。

2025年2月20日

本文作者陆士清，世界华文文学研究的先行者，复旦大学教授，中国作家协会会员，中国世界华文文学学会名誉副会长，世界华文文学联会（香港）监事长，曾获"世界华文文学研究学术贡献奖"。

| 目 录 |

引　子　　　　　　　　　　　　　　1

第一章　厄运突然而至　　　　　　13

第二章　高墙内的人生　　　　　　43

第三章　苦岁寒夜，暖流悄然涌动　91

第四章　生死逃亡　　　　　　　　125

第五章　英雄和他们的交响　　　　163

第六章　迎向胜利　　　　　　　　205

第七章　永远不要忘记　　　　　　245

参考文献　　　　　　　　　　　　292

引 子

　　离围墙和校门不远，就是浩瀚的大海。涨潮的时候，海水会很喧闹，汹涌的浪头一排接着一排扑向堤岸，雷鸣般的轰响会传得很远；而等到潮平，这海则变得十分恬静温柔，风轻浪平，云淡日丽，海水变得像天空一样蔚蓝，闪着粼粼的波光，像是有人往铺展开的绸缎上撒了一大把晶莹剔透的珍珠。

　　在童年的记忆里，小玛丽和她的同学们最难忘的风景就是这片海。

校园与赛艇队素描

赛艇上的大孩子们

不管是涨潮、落潮还是平潮，海都那么可爱、有趣。他们喜欢在下课后跟着老师到海边看鱼，看那些游来游去的小鱼噘着小嘴在礁石之间觅食；喜欢在海鸥们欢快的叫声中，对着海湾唱自己想唱的歌；也喜欢脱了鞋袜下到海滩，与当地的中国孩子们一起挖沙子堆小山包、小房子。

当然，最有意思的还是夏天，这时候，海水暖了，高年级的大哥哥大姐姐们会划着"黛芬妮"号、"赫克托"号和"尼普顿"号赛艇到海上训练、比赛。他们还会放开喉咙唱起赛艇之歌：

赛艇比赛开始

平静的海面那么美好，
缓缓的细浪让人陶醉。

当风儿吹起，
汽笛从芝罘岛响起，
这是桨手拼搏的时候……

　　这几条赛艇是全校师生的最爱，每条艇的船身上都刻有漂亮的花纹和图案。

玛丽和同学们对大哥哥大姐姐们羡慕极了，觉得他们划船时的样子特别神气，所以总是问老师："我们什么时候也能划船呢？"

老师们的回答好像都是事先统一商量过的，十分暖心，说："快长大吧，再过几年，等到你们长大了，长高了，就能参加训练和比赛了！"

小玛丽们就读的这所学校叫芝罘学校，是侨居中国的西方人士为他们的子女开设的英式学校。学校坐落在山东烟台的海滨，这个美丽的小城过去曾经有一个名字叫芝罘，学校就因此而得名。芝罘学校自创办以来已经历60多个年头，学生总数已达数千人，此时在校生则有300多人，学生的父母里既有商人、教师，也有外交官、传教士，他们大部分工作在中国各个地方，东西南北中，哪个省份都有。

芝罘学校一角

芝罘学校的临海校园

400多个孩子，400多张稚气的洋面孔。无一例外，在当地百姓眼里他们都是"小洋人"。可是实际上，虽然他们的国籍各种各样，有英国、美国、加拿大、荷兰、比利时，也有澳大利亚、新西兰、法国、意大利、挪威等国家，但好多人是在中国出生，在中国长大的。

生活在中国的小洋人们

芝罘学校的孩子和老师们

就拿小玛丽来说吧,她就是在河南开封出生并在那里度过人生最初几个年头的,所以她总说中国是她的母亲。她有一个中文名字,叫戴爱美,虽然普通,可是好听,叫起来很亲切,就像一个河南女娃。

不但是她,同样在芝罘学校就读的她的姐姐凯琳、哥哥雅各、弟弟约翰也都有中文名,分别叫戴爱莲、戴绍曾、戴绍仁。听大人们说,戴家打从曾祖父戴德生于咸丰三年(1853年)离开英国来中国当传教士算起,到他们这一辈已有四代人在中国生活了,就连芝罘学校,也是曾祖父戴德生在光绪七年(1881年)创办的呢。

四代人下来,姐妹兄弟四个自然已是黄土地上长出的苗

苗啦。

与小玛丽——戴爱美一样,她的同学们都会把孩提时住过的地方叫作"老家"。天真活泼的英国小男孩道格拉斯,他的"老家"离烟台很远,在重庆奉节,"朝辞白帝彩云间"诗句里的白帝城就在那儿。奉节与长江三峡为邻,长江上的轮船经过那里时都会拉响汽笛,发出"呜——"的一声长鸣,道格拉斯最喜欢听这样的汽笛声了,每逢此时,他就拉着弟弟飞跑到楼上看船,看那些轮船在汽笛声中慢慢驶向三峡,渐渐消失在遥远的天边。他一直忘不了在奉节时所经历的趣事,那时他们家就住在城墙边上,他在那里住过三年,过得特别开心。

芝罘学校低年级男生

  比道格拉斯的"老家"还远的是斯蒂芬。他来自云南,是在春城昆明出生的,出生的时候父亲正在将《圣经》翻译为傈僳语,正好译到斯蒂芬的故事,就给他取了这个名字。父亲后来带着全家去了元谋附近一个偏僻的傈僳族山村,在那里开了家小诊所,给大山里的百姓看病,向他们传授现代医学知识,斯蒂芬便成了那里的"小山民"。他在家说英语,在外则与小伙伴们说傈僳语,小伙伴也不拿他当"洋人",他们不但能玩到一块,还玩得挺融洽。

  芝罘学校是寄宿学校,孩子们远离了自己的父母和家庭,过着集体化的生活,他们除了暑假寒假,平时很少有同父母见面的机会。尽管如此,他们都很快乐,像小天使一样快乐,老师们如同爸爸妈妈那样慈爱,同学们如同兄弟姐妹那样和睦,学校如同家庭那样温馨。虽然此时烟台也同华北以及中国好多地方一样，已被日本占领，可这对他们影响不大，因为他们的国家都还不是日本的敌国，没有与日本交战，所以他们是安全的、自由自在的。他们不必担心日本兵的骚扰、侵犯，可以安心地学习、放心地玩耍。用一个词来形容，就叫：无忧无虑。

预备学校的餐厅

然而，这一切都在1941年12月8日那天，一夜之间翻了个个儿。

这一天，满满一卡车荷枪实弹的日本海军士兵开进了芝罘学校。

他们抓走了校长布鲁斯，给教室贴上了封条，还张贴布告宣称：即日起，芝罘学校的所有财产归日本天皇所有。

被遣送去往囚禁地的芝罘学校的孩子们

孩子们满脸惊恐,不知发生了什么。直到从广播里听到日军偷袭珍珠港的消息,他们才明白:日本已跟美、英及其同盟国开战,他们都已变成了日本的"敌国人"!

不再有自由,不再有无忧无虑的童年了。

他们被明令不许随便上街,如果非得出门,就必须戴上白布做的、写有国籍代号和编号的臂章。

戴爱美是美国籍,白布上标的是"A";

道格拉斯和斯蒂芬是英国籍,标的是"B";

以此类推，加拿大籍是"C"，法国籍就是"F"……

仅仅一天工夫，他们就都从小天使沦为了小俘虏、小囚徒。

还未遭贬远方，
也未被送还家乡，
现今在烟台受些侮辱，
因为暂时做了俘虏！

他们噙着眼泪轻轻吟唱着。一曲未终，喉咙早已哽咽……

既为俘虏和囚徒，那么所有事情就不再是自己说了算。

他们像是任人宰割的羔羊，先是在翌年11月被日本人驱赶到毓璜顶，拘押在一个狭小破旧的古庙里，10个月后又被塞进一艘货船的货舱运送至青岛，再用火车、汽车送往新的囚禁地。

这是一次终生难忘的险恶迁徙。

两天一夜的水、陆路程，让戴爱美和她的同学们吃尽了苦头。无论是轮船还是火车，都拥挤得像沙丁鱼罐头，又脏又臭，憋闷得无法呼吸，尤其是货船的船舱里，还有许多老鼠和蟑螂在跑在爬。

海上风浪大，300多个孩子大部分都晕了船，吐得一塌糊涂。两天一夜下来，没等到抵达囚禁地，一个个就已蓬头垢面，筋疲力尽。

可怜的孩子们，他们不知道在今后的日子里等待他们的将是什么。

他们只知道，他们正在被押送去一个更大的、专门用来关押外国侨民的秘密集中营。

这个秘密集中营，据说是在山东半岛西部的一个小城——潍县。

第一章 厄运突然而至

号外：

战争！瓦胡岛遭到日本军机轰炸！

今天早晨，日军飞机袭击了美国在夏威夷的主要军事基地——瓦胡岛。一波接一波的轰炸在西南方从天而降，打破了星期日的宁静。岛上的防御区域受到攻击。城市陷入混乱。学校已经关闭。平民被要求留在家里直到警报解除。

——夏威夷《火奴鲁鲁星报·号外》1941年12月7日

昨天，1941年12月7日，永远是我们耻辱的一天。美利坚合众国遭到了日本帝国海空部队突然和蓄谋的进攻。……昨天对夏威夷群岛的袭击，给美国海、陆军造成了严重的破坏。我遗憾地告诉各位，很多美国人丧失了生命。此外，据报告，美国船只在旧金山和火奴鲁鲁岛之间的公海上也遭到了水雷袭击……我要求国会宣布：自1941年12月7日——星期日日本进行无缘无故和卑鄙怯懦的进攻时起，合众国和日本帝国之间已处于战争状态。

——美国总统罗斯福1941年12月8日在国会的演讲

夏威夷群岛的珍珠港，是高傲的美国海军太平洋舰队的大本营。要是让时间退回到那个血腥的日子之前，恐怕很少有人会相信，像这么一个固若金汤的舰队基地也会突遭偷袭，在顷刻之间变为一片火海。

1941年12月7日报纸号外——战争！

这个血腥的日子，就是夏威夷时间1941年12月7日。

这一天清晨，在一个半小时里，日军用350余架从6艘航母上起飞的飞机，对珍珠港发动了两波攻击，炸沉、炸毁太平洋舰队4艘战列舰、2艘驱逐舰和188架飞机，使得美军2400人丧生、1250人受伤，并有大量建筑、船只和飞机受损。

世界震惊了。本来是难以置信的事，居然就这么发生了！

珍珠港事件将美国"拖"进了第二次世界大战，因而成了"二战"中一个非常重要的转折点。熊熊的战火宣告了太平洋战争的爆发，美国、英国及其众多同盟国怒不可遏，纷纷对日宣战。

1941年12月7日，日本偷袭珍珠港，太平洋战争爆发

偷袭珍珠港，是日本蓄谋已久的一场阴谋。早在偷袭计划酝酿之时，日军就派出了男女间谍，伪装成大学生情侣到珍珠港"度蜜月"，利用日本侨民在当地开设的酒吧、舞厅和妓院搜集情报，把珍珠港的所有军事秘密都侦察得清清楚楚。偷袭行动的成功，与情报工作的成功密不可分。

这事给了美国政府一个极大的教训。为了防止悲剧重演，他们决定采取措施，将原先生活在夏威夷、旧金山等地的6万多名日本侨民通通集中到洛杉矶附近的几个城堡居住，并加以严格监视，不让他们再有到处自由活动、刺探军事情报的机会。

在日军偷袭中倾覆的美国海军亚利桑那号战列舰

这样的措施,自然使日本人很恼怒。作为报复手段,日本政府很快也下达了命令,要侵华日军以及入侵亚洲其他国家的日军也在他们的占领区内搜找同盟国的侨民,先是将他们软禁监控,限制人身自由,然后设立各种集中营予以囚禁。

中国土地广袤,自鸦片战争结束以来,随着国门的被打开,来这儿工作、生活的西方人士不少,其从事的职业五花八门,从大小商人、制造业技师、大学教授、中学教师、医生、护士到作家、记者、神职人员和普通工人,做什么的都有。其中,有些人是拖家带口住在中国,有些人已在中国生活了几十年,有的家族甚至已经在中国繁衍了几代人。

1941年，已是抗日战争的第10个年头，也是中国抗战最艰难的一年。从东北到华北、中原，再到沿海地区，侵华日军已经占领了中国的半壁江山。面对战争状态，大部分外国人，都选择了撤离，陆陆续续离开了中国。据统计，抗战之前在中国的西方人，最多时可达10万人，等到太平洋战争爆发的时候，留下的西方人差不多只有十分之一了。可由于太平洋战争的爆发，这些留下来的西方人士一夜之间都成了日本帝国的俘虏，即使想走也走不成了。

当然，也有很多西方人士是他们自己不愿意走。因为在珍珠港事件之前，他们的祖国还是中立国，不是日本的敌国，他们就想利用这种中立的身份，留在中国再做点事。这些西方侨民们认为，不管怎么说，日本人还不至于敢公开使坏，迫害他们。他们万万没有想到，其实早在珍珠港事件爆发之前，日军就已经在酝酿并悄悄进行着一项限制英、美等盟国在华侨民行动自由的计划，一俟太平洋战争爆发，他们便骤然加快这项计划的实施步伐，当即在中国各地展开了拘押行动。

中国和夏威夷时差18小时。12月7日早晨，当珍珠港陷入一片火海的时候，中国已经是12月8日的凌晨。

这天早晨，8岁的英国小孩罗纳德·布里奇斯刚从睡梦中醒来，透过窗户看到了门外有一队全副武装的日本兵。罗纳德

第一章 / 厄运突然而至

一家住在天津的英国租界，这里是英国人的地盘，在一般情况下是不会有日本兵进来的。罗纳德觉得很奇怪，就问父母："这些日本兵来干吗？"

父亲告诉他，4个小时前，日本军队袭击了珍珠港，太平洋战争爆发了。

罗纳德还小，不知道太平洋战争爆发与他们家有什么关系，甚至在日本兵闯进屋里来的时候都还没觉得害怕。但是日本人用枪口抵着父亲的后背把他从家里抓走了，他们还把刚生完孩子不久的母亲从一个房间推到另一个房间，母亲走得稍微慢些，他们就咆哮着催促："快！快！"

罗纳德又惊又怕，没去上学。他其实也没法再去上学，大街小巷已经被带刺的铁丝网隔断，到处由一卡车一卡车运来的日本士兵把守着。他们在破晓之前就已关闭了连接法租界和英租界的几道门，在戈登堂前筑起了工事，架起了机枪，而留守租界地区的外国军队寡不敌众，未发一枪一弹就乖乖投降了。现在，罗纳德和他的母亲只有一个愿望，就是希望父亲不要出事，能够平平安安地回家。

两天后，父亲回来了。经受了两天折磨，他看上去精疲力竭。他告诉家人，日本人抓他，是要逼他把他所掌管的天津英国石油公司的保险箱密码告诉他们，但他说自己对此负有责任，没有告诉。

济宁德门医院院长
弗瑞德·司考维尔（司福来）

父亲始终不肯说他在日本人那里是否遭受过拷打，但家人都怀疑他很可能遭受过，因为他自那以后身体一直不好，后来很早就去世了。

接下去的日子里，天津实行了宵禁，学校也被日本人接管。日本人还不断发布各种新的规定和条例，逼迫所有"敌侨"在离开家门时必须戴上臂章。罗纳德一家是英国人，戴的是上面写着中文"英"字的红色臂章，每个人都有编号，而且行动也受到严格的限制。随着战争局势的变化，这种限制也变得越来越严厉。到了1943年3月，情况急剧恶化，在接到日军一纸命令后的几个小时，他们全家都被强迫送上了去往潍县集中营的火车。

也是在12月8日,在距离天津400多公里的济宁,美国医生司福来和他的妻子、子女共7人都在家中被日军软禁了。

司福来的英文原名叫弗瑞德·司考维尔,出生和成长于美国纽约州。28岁那年,他刚从医学院毕业就受教会委派,带着妻子迈拉和出生才4个月的大儿子乘船来到中国。在北京学了一年中文以后,他们到了山东济宁的德门医院。在这里,他既是医院院长又是内科医生,在缺外科医生时还要把这个缺也顶起来;而护士出身的迈拉就负责培训护士。在缺医少药的济宁,他们从病魔手中夺回了不少人的生命。

穷凶极恶的侵华日军

"七七事变"发生时,司福来和家人正在美国休假,听闻日本发动大规模侵华战争的消息,他又带着全家登上前往中国的轮船,回到济宁。圣诞节后三个星期,济宁被日军占领。仗着美日两国还维持着正常的外交关系,他

"七七事变"之后,日军发动了大规模侵华战争

在医院外面挂上美国国旗,以免日本兵骚扰。可是有一天,一个喝醉的日本兵还是闯了进来,想要调戏女护士,司福来和同事缴了他的枪,并从外面喊来另一个日本兵处理这事。谁知后来的日本兵却命令他把枪还给醉鬼,醉鬼这下生气了,将子弹上膛,要司福来带他去找女护士。司福来想将他引出医院,就朝门口走。刚走了十几步,日本兵就在他背后开了

一枪，打中他的腰部，把他打倒在地。日本兵还不甘心，又靠近了对准他的脑袋再扣扳机，没想到扣一次不响，再扣一次还是不响，枪竟然哑火了。他虽然被打中腰部，可那颗子弹从他身体里穿过去，并没有引起严重的内伤，让他侥幸捡回了一条命。

司来华、司爱华童年时与济宁的小孩合影

遭到日军软禁之时，司福来和迈拉已有三男两女五个孩子。这五个孩子，每人都有一个他们给取的中文名字。老大吉姆叫司来华，老二卡尔叫司济华，老三安叫司爱华，老四汤姆叫司德华，老五茱蒂叫司中华。1943年3月，夫妇俩和五个孩子一起，都被日本人关进了潍县集中营。在集中营，迈拉又怀上了第六个孩子。后来，日美交换部分被拘押人员，司福来一家有幸得以回国。轮船在海上走了三个月，走了一条曲线到达纽约。上岸后，迈拉立即被送往医院，还没上产床孩子就出生了。第六个孩子是个女孩，取名维多利亚，司福来也给她取了个中文名，叫司美华。算上当时还在肚子里的司美华，司福来一家八口可以说都经历过潍县集中营的岁月。

同样也是12月8日，燕京大学校长司徒雷登在结束对天津的短暂访问准备返回北平时，在那里被日军拘捕。

他在日本军警的押送下坐火车回到北平，被

时任燕京大学校长的司徒雷登
也曾被日军拘捕关押

送进已让日军占领的美国领事馆，与50多名英、美人士一起关押在原美国海军陆战队军营。一个月后，他与北京协和医学院常务副院长亨利·霍顿、荷兰籍医生斯奈珀、财务主管特雷弗·鲍文三人一起，先是被转移到一处清朝王府大院，而后又再次被转至一位英国商人府邸的荒凉后院关押。后来，斯奈珀医生被一艘英国囚徒交换船接走，司徒雷登和霍顿、鲍文则在此关押了三年八个月零十天，直到日本人投降才被释放。

在这个荒凉的后院，三位老人被强行与世隔绝，在孤独、单调与终日的担惊受怕中过着艰难的生活。他们挤在一间窄小的屋子里，寒冷的冬天，一日三餐都是在滴水成冰的走廊里草草解决；炎热的夏天，小屋里热得穿不住衣服，他们只好学"原始人"的样子，近乎赤身裸体地走来走去。最倒霉的是鲍文，有一次，日本人为了寻找原先存放在北京协和医学院的"北京猿人"化石，把他抓到了日本宪兵总部。他被关在一个小笼子里5天，还受到了一顿拷打。

厄运突然而至，没有哪一个西方侨民能够幸免于难。

北平作为中国北方重要的都市，居住在这里的西方侨民，尤其是英美人士很多。对于日本人来说，这是一块"肥肉"，可以从他们身上搜刮到很多油水。所以那一阵子，时常会听到某某西方公司被"收归天皇所有"、某某外国侨民的房产财产被日军"征用"的消息。越是大的公司、学校和医院,越是有钱有地位的侨民越不被放过。同时,也有西方侨民被游街示众、被日军杀害的消息传来。

在这样的局势下,大多数侨民都选择了留在家中,不给自己招惹是非,尽管他们的日子已越来越窘迫。不过也有人看到日本人只对资产钱财方面的事上心,顾不上别的方面的事,就想利用这个机会逃离。1942年初夏,担任美国银行经理的H先生就是这样忽然失踪不见的。有知情者说,他失踪之前曾经去过西山呢。

北平西山,那可是共产党抗日游击队的地盘啊!这件事让日军非常恼火,他们很快也作出了决定:从现在起,凡是"敌国侨民"都必须佩戴标有其国籍的红色袖标。他们还将侨民群体按居住地进行划分,每一个居住区域划作一个居民区,再将每个居民区分为若干居民组,每组10人,规定组里的每一位成员都对另外9人的"良好表现"负有连带责任。

尽管如此,失踪事件依然没有杜绝。隆冬时节,又有一名荷兰人和一名法国人不见了。而当侨民们有机会碰到一起时,他们闲谈中最多的话题就是:出逃。

要西方人士佩戴标有国籍的红色袖标,日本人的意图是限制他们的活动,让他们在当地老百姓的眼里显得更像囚徒。可他们没有想到,中国老百姓的所作所为却正好相反。常常地,西方侨民去买东西,商铺老板看到他们戴的红色袖标,会给一个优惠价格;他们坐黄包车,车夫们有时候不肯收他们的车钱;去饭馆吃饭时,饭馆跑堂也会竖起大拇指跟他们打声招呼。中国老百姓是善良的,他们同情遭遇不幸的人,对日本人的"敌国人"更是"另眼相待"。

33岁的狄兰也一直想要逃离。

他是英美烟草公司的经理,在英国海军服过役,当过报务员。他因为不愿让日本关东军霸占公司的产业,曾被日本宪兵队抓到张家口坐牢,后经多方斡旋用一大笔"罚金"摆平才得以假释回京,所以对日军的嘴脸看得比较清楚,知道一旦落入他们手中会是什么结果。

珍珠港事件以后,有关西方侨民未来去向的传言在北京的侨民圈里时有所闻。最初的说法是等到早春季节会有遣返船运侨民回国,大家信以为真,好些美国人早早就打包好行李,只等坐船离开。可遣返船就是不到,等来的消息是:船期推迟,推迟,再推迟,然后连推迟的消息也没有了。1943年新年以后,各种传言更多了,变得沸沸扬扬起来。有消息说,英美两国侨民会被日本人作为人质用船运到东京拘留,以防同盟国轰炸东京;也有消息说,他们将被送去香港或者菲律宾,以防侨民中潜伏的间谍对日军造成威胁;很快,传言又变了,说日本人是要把所有在北京的"敌国侨民"关到某个集中营去。相比之下，最后这种传言的可信度就比较大了，因为已有来自四面八方的确切消息证实：上海的"敌国侨民"已经被集中居住；在烟台，侨民们已经被困在一家传教站里；还有青岛的侨民，被集中居住已达一年之久。

一天又一天，当这样的消息传得越来越多、越来越离谱的时候，狄兰逃离北京的念头也变得越来越强烈了。他想逃往中国西部，去延安。经过一番努力，他和他的朋友比利·克里斯蒂一道，联系上了一个朋友，这位朋友答应介绍他们与共产党的地下工作者王先生见面。

约定的时间是一个傍晚。王先生以做刺绣生意为掩护，带着一大捆精美的刺绣桌布过来了。听了狄兰的打算和要求，王先生表示他们会尽其所能提供帮助，他答应会把这事转达给他们地下党的外事联络部门，设法在三天之内再安排一个人过来商定具体事宜。

狄兰很受鼓舞，他又找到了几位对出逃计划感兴趣的人，一位是曾在协和医学院工作过的美国医生，一位是十分有名气的燕京大学教授，一位是在辅仁大学男附中担任英语老师的美国年轻人恒安石，还有一位是来自燕京大学的青年教师。连同他和克里斯蒂，他们组成了一个不算小的团队。

第二天傍晚，地下党果然又派了一人过来商量。来人姓于，曾经成功地负责完成美国银行经理H先生的出逃任务，对帮助狄兰他们出逃也很有信心。他们一起拟定了一个行动方案，包括路线、接头地点、接头信号等。几天后，于先生再次过来告诉狄兰，他正在安排一个小分队，到时会在郊外山那边接应狄兰他们，并护送他们去往共产党游击队的前敌指挥部。

接下来的两天，团队的成员们都在忙于做准备。他们买了结实的鞋子、厚实的羊毛袜子，还有马裤、羊毛衫、雨伞等，因为出城之后还要爬很多的山，走很多的路。他们还凑了些钱，想法子搞到了一些抗日根据地急需的磺胺类药品，准备当作礼物送给游击队。按照计划，他们要把这些行李提前交给于先生，让他先偷偷弄到城外，送往西山放在交通站，等到大家出城后再到交通站去取。

事情开始时还算顺利。按照行动方案，狄兰雇了一辆黄包车，载着大家的行李，上了街。正好在约定的时间，他看到于先生骑着一辆自行车经过一个约定的僻静街角，身后不远处跟着一辆空的黄包车。狄兰找个借口辞掉了他所雇的黄包车，把所有行李转到了于先生所雇的黄包车上，然后继续往前走了百余米，潜入一条窄窄的小巷，回家了。现在，只要再接到一个通知，他们这个团队就可以远走高飞了。

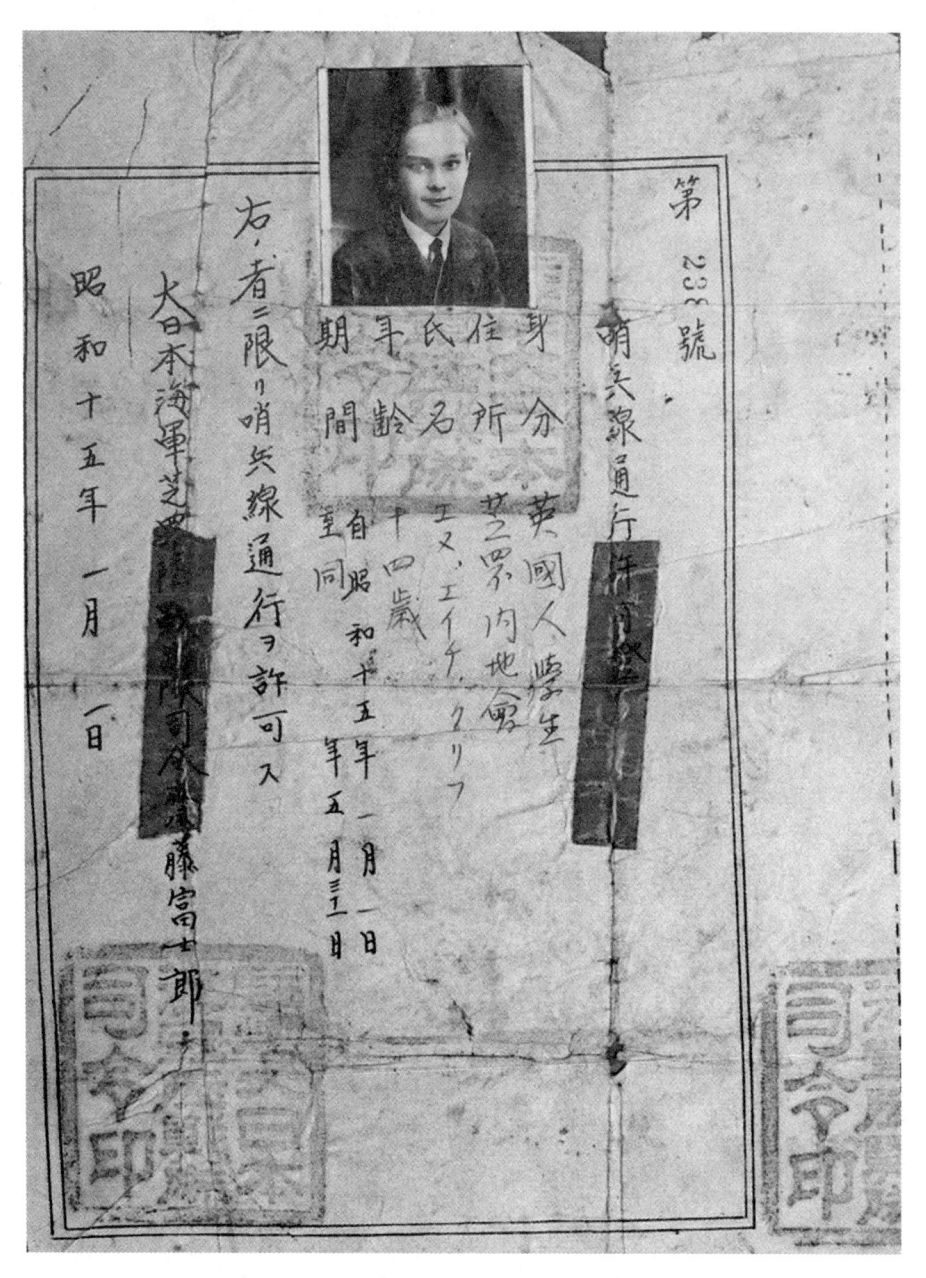

英国侨民诺尔曼·柯利夫被关押前用过的日军发放的通行证

不料就在这时，晴天一个霹雳，情况发生了逆转。日军发出命令，要将所有"敌国侨民"统统遣送到设在山东潍县的"敌国人集团生活所"。命令规定：美国人作为第一批，将在5天后离开；接下去，英国人和其他国家的人将在10天后出发。遣送命令发出后，日军立即加强了防范侨民逃跑的措施，停办了所有出城通行证，增加了沿城墙巡逻的卫兵，还增加了在各个城门盘查的哨兵。出城的路一下被堵死了，狄兰他们的逃跑计划失去了实施的可能性。

局势的突然变化让于先生也很着急，他与狄兰他们通气，准备重新筹划一个计划。但狄兰他们考虑，时间如此急促，无论什么行动都已经来不及了。无奈之下，他们只好面对现实，抓紧进行去集中营的准备。

狄兰是英国人，可以比美国人晚走五天，在送走逃跑计划团队里的美国人之后，他仍不死心，还想用剩下的时间逃走。他试图再与王先生或于先生联系，没有成功。就在这时，有人介绍他去一位70多岁的法国侨民医生开的诊所，狄兰认识了这位法国医生。老先生很同情和理解狄兰，他又介绍狄兰认识了一位高高瘦瘦的中国人，说这位中国人在西山有一处夏日度假小屋，处于共产党游击队控制区域的边缘，游击队的人每个星期都会到那个小屋来，狄兰过去后只要一直躲在小屋等他们过来就行。

要是能出得城来，这个计划倒也可行，问题是狄兰如何能逃得出城去呢？也许可以趁着黑夜偷偷爬上城墙溜出去，可溜出去后没有向导带路还不是会被日本人重新抓回来？那位高瘦的中国人对北京周边的乡村地貌也不熟悉，担当不了向导的任务。

时间一天天过去，只剩下两天了，法国老医生情急之下决定冒险。他说他要坐轿车出城去卡拉男修道院，可以把狄兰藏在轿车的后备厢里带出城去，然后再让司机送狄兰和那位中国人到乡下某个僻静处下车，步行到夏日度假小屋，在那里等游击队过来。老医生说，一般情况下，日本人不会拦截他们法国人的汽车进行搜查。

狄兰起初也想接受这个冒险计划，可转念一想，这风险也太大了！特别是让这位老人替自己这么一个仅仅见过几面的年轻人去冒这么大的风险，实在是有失公允，所以犹豫再三，最终在临出发之前婉言谢绝了。也幸亏这个冒险计划没有进行，他们才逃脱了一次灾难——好几个月来头一回，那天，守在城门那里的日本兵居然一反常态，搜查了法国老医生的轿车！

逃跑的希望一次次破灭，狄兰的面前只剩下一条路：和所有长江以北的同盟国侨民一样，被日本人遣送到潍县集中营……

据美国国务院于1996年2月解密的档案文件记载：1943年，最先被日军遣送到潍县集中营的囚徒主要是来自北平、天津、青岛的同盟国侨民。

第一批是住在青岛的各国侨民，170人——他们实际上从上一年的10月起就被羁押在青岛的一个酒店里了；

第二批是天津的255名英国人，男人、女人、儿童都有；

第三批是北平的245人，以美国人为主；

第四批又是天津的，260人，大多数是美国人；

第五批是北平的240人，大多数是英国人；

第六批还是天津的，265人，全是英国人，主要是妇女和儿童。

就是说，在短短的11天里，光是北平、天津和青岛三地就有1435名同盟国侨民被送入潍县集中营。

此后，该集中营所关押的同盟国侨民人数一直在变化：有天主教修士修女被集体迁往北平另外关押；有人因为平民战俘交换等原因离开；有烟台芝罘学校的学生、老师和上海龙华集中营等处的被囚禁者补充进来……据研究日本集中营的专家格莱格·莱克统计，该集中营所关押过的同盟国侨民最多时有2250人。

朗顿·基尔凯是美国芝加哥人，1939年在哈佛大学获学士学位后便来到了北平，在燕京大学教英语。他那时还是一个单身汉，与另外4位同样也是来自西方国家的单身汉住在一起。

1943年早春一个寒冷的日子，有人给5位单身汉各送来了一封装在长条白信封里的官方信件。撕开信封一看，原来是日本人要遣送他们去集中营的通告。

通告的英文很蹩脚,不过没有忘记美化自己,说设立集中营关押西方侨民是"为了你的安全和舒适",是"难得的机会";说在那里将会有"充足的食物供应,会有新鲜的蔬菜和时令水果,包括草莓";说那里还有一家奶牛场,"会提供牛奶给儿童、育婴的妈妈们和上了年纪的老人们";说"居住的地方会很宽敞",还备有娱乐场所,"大家可带上网球拍与球类"……总而言之,侨民们在那里"将得到西方文化的舒适"。

连篇的鬼话,自然谁都不会相信。他们只从一纸告示里明白了一个意思:他们将完全失去自由了。

出发前的时间非常有限,该准备些什么东西带到集中营去呢?按照日军的规定,每个侨民可以先托运一张单人床、一个床垫及铺盖,外加一个皮箱去集中营,除此之外就只被允许携带能够手提的东西,但禁止携带钱币、金银珠宝与照相机、收音机。有人过惯了富裕安逸的生活,想象不出即将面临的会是什么样的生活环境,不知道要带什么东西去集中营,居然把高尔夫球具也带上了。可大部分人头脑还是很清醒的,他们已经预感到未来日子的艰难,所以宁愿多带毯子、毛巾之类的生活必需品,多带必备药品。再就是大家都想到了,托运的行李至少要几个星期以后才能到达集中营那边,所以还是应该尽可能多地带上御寒的衣物和羊毛毯子。

同盟国侨民们在等待被集中押送至潍县集中营

出发的日子很快到了。包括朗顿·基尔凯在内,所有在北平的美国人都被要求到东交民巷的前美国驻华大使馆集合。使馆自从外交官们撤离之后就显得冷冷清清了,这里的大草坪正好容纳侨民们和他们所带的各式各样的行囊。这些等待被遣送的人们来自不同的社会阶层,年纪也无所不包,既有80多岁的老者,也有六七个月大的婴儿。

在这里,朗顿见到了他的燕京大学教师群体,其中既有老教授,也有20多岁的年轻教师,还有很多女教员。此外,他还见到了一群穿着裘皮大衣、戴着精致帽子的阔太太和基督教会、天主教会的许多传教士、修女。不管是谁,现在他们的身份只有一个,那就是囚徒或者俘虏。

中午12点的时候,一个日本军官开始通过扩音喇叭发号令了,说每个去集中营的人只能靠自己的力气带走拎得动、背得走的箱包物品,因为不会有车有人帮他们运送这些东西到前门火车站。他的话引起了侨民们的惊慌,他们望着自己身旁堆放得像小山似的手提箱、旅行包和各种生活必需用品,不知该怎么办才好。从东交民巷到前门火车站要步行一公里半的路,靠肩背手提肯定带不了多少东西。侨民们本来是可以雇中国苦力和人力车帮他们搬东西的,可日本人不让,他们成心要让这些西方人出洋相。

西方侨民的行李

临出发之前，又来了一队日本宪兵。他们开始粗暴地搜查翻看侨民们的行李物品，把他们的手提箱、旅行包一个一个都翻了个底朝天。凡是他们认为用不着的、不让带的东西，就从箱子里扔出去。最惨的是一位上了年纪的女传教士和另外两个人，宪兵们搜查时不知为什么突然不耐烦了，一把将他们的提包头朝地掀翻，提包里的东西噼里啪啦撒了一地。没有人敢抗拒这种粗暴的行为，谁要是抗拒就会遭到劈头盖脸的辱骂。

日本宪兵搜查西方侨民的行李

每件行李都被翻了个底朝天

下午3点,侨民们被勒令排成两行走向火车站。不管男女老少,一个个都手提着沉重的行李箱,肩挎着多个背包、手袋,再加上吊挂在身上、背包上的饭盒、热水瓶、食品袋和小孩用品等,活像逃难的难民,一副狼狈相。许多人年事已高,腿脚不好,走得很慢很艰难。队伍里还有许多很小的小孩,除了还不会走路的要被大人抱着,其他的都只能抓着妈妈的裙子或妈妈手上的手提包自己走。这样的队伍行进速度自然快不起来,没走几百米就有不少人撑不住了,喘着大气,步履蹒跚,不得不停下来歇息。

西方侨民被押送着去往前门火车站

　　在当天的大街上，朗顿发现聚集着很多中国老百姓，比平时多得多。原来，他们都是日本人故意找来站在街道两侧，排队"参观"美国侨民如何受辱的。日本人明白：这样的羞辱行为会让一向尊严惯了的西方侨民感到难受，像被杀被剐一样难受。

被遣送去往集中营的西方侨民

没有哪个同盟国侨民能逃脱被囚禁的厄运

连不谙世事的小孩也将成为高墙里的囚徒

在队伍的前头，有一个日本人拿着电影摄影机，一直在不停地拍摄，把美国人的"长街行"全都拍进了镜头。据说这部电影后来曾在日本好几个城市放映，日军用来炫耀在亚洲取得的"伟大胜利"。

在这天的路上，死了一位美国侨民，是心脏病发作而死。还有两人昏厥——一位是耄耋老者，因被行包拖累晕倒在地，为了不影响队伍行进，两位日本领事警察将他拖到了路边人行道上；一位是年轻姑娘，当她放开行包、快要瘫软倒地之际，从队伍里冲出来好几个人要帮助她、帮她背行包，日本警察不让，企图用刺刀相阻，后见众人发怒才作罢。

这天的路上，还发生了一段温暖的插曲：一位中国姑娘冲出路边的"参观"人群，给美国人比利·克里斯蒂送了一大束红色的玫瑰花。押解侨民的日本警察一见，赶紧追过来要抓送花人，但没等他赶到，中国姑娘早已机灵地钻入路旁的人群，不见了踪影。

当然，像这样的"插曲"，在日本人后来放映的电影里是不可能被保留的。

就这样走走停停，停停走走，侨民队伍艰难地步行了一个小时才走完一公里半的路程，到达前门火车站。大家又累又饿又渴，火车还要一个小时才来，日本人却禁止他们离开站台，也不准他们和中国人接触。也就是说，他们只能眼巴巴地看着远处中国小商贩大声叫卖各种食物，却不能过去购买，也不能

侨民们在车站等待去往集中营的火车

向他们要水喝。看着这样的阵势，小商贩们自然也不敢向他们靠近。

火车从北京到潍县需要走18个小时，途中要在天津、济南各换一次车。侨民们就这样踏上了去往黑暗日子的道路。

漫长的路途，摇晃颠簸的三等车厢，混浊缺氧的空气令人昏昏欲睡。可是，没有人能睡得着，大家都在惶惶不安地谈论着自己的前途——

潍县集中营会不会就是一座监狱？

我们会在那里被关押到老，劳动到死吗？

……

恐惧和焦虑像车窗外无边的暗夜一样，紧紧地攫住了每一个人的心。

第二章 / 高墙内的人生

1941—1945年，日本帝国在亚洲地区设立了许多囚禁同盟国侨民的集中营，关押了约12.5万名平民俘虏。其中，被囚禁在中国内地和香港的超过13500人，占总俘虏人数的10%以上。

在中国内地和香港，用来关押同盟国侨民的集中营共有20多处，分别设在香港的赤柱和九龙；广州的河南岛；上海的闸北、龙华、浦东、海丰路、愚园路、杨树浦、林肯大道、哥伦比亚乡村俱乐部、方济各会馆、灰营、圣心修道院和徐家汇天主教堂；扬州的A区、B区和C区；山东的潍县；北京的原英国大使馆、宗教场所和丰台；芝罘的毓璜顶；青岛的伊尔蒂斯水电酒店；沈阳的英美商人俱乐部；四平的神学院，等等。

在20多个集中营里，潍县集中营关押的侨民人数较多，最多时有2250人。

——［美］格雷格·莱克《帝国的俘虏》

潍县县城往东1.5公里，有一片被当地老百姓叫作"洋楼"的建筑群。

"洋楼"果真很洋气，且不说那几座完全按西洋风格建造的高大气派的主要建筑，就连其余60多栋与之配套的房子，好些也是红瓦屋顶、典雅别致的西式洋房。整个建筑群四周有高高的围墙环绕，围墙里头又套着许多个漂亮的小院落，种满了花花草草，犹如一个个风格各异的花园。

乐道院内建筑景观

住在这片"洋楼"里的，都是来自西方各个国家的人士。他们对于这个远离喧嚣的"世外桃源"，有着自己的戏称，叫"庄园"。刚开始只是叫着玩，不想叫着叫着就叫顺了嘴，不愿改了。

叫"洋楼"也好，叫"庄园"也罢，自然都只是外号。其实，这片楼群是有自己名字的。这个名字，便是镌刻在大门口中式院门匾额上的三个汉字：乐道院。

乐道院正门

资料记载，潍县乐道院系北美基督教长老会传教士狄乐播夫妇于1883年建造的一个传教站，用于传教、办学和开办西医诊所。1900年，乐道院在义和团风潮中烧毁。1902年，北美基督教长老会利用从"庚子赔款"中分得的白银购买土地160余亩，用三年时间重建、扩建了乐道院。

建于1924年的"十字楼"与钟楼

新建的乐道院除了设有大教堂，还设有一所医院和三所学校。这所医院不但设有门诊、病房，还包括一个护校，在1925年建成病房大楼"十字楼"之后已是胶东一带一家规模较大、档次较高的医院；三所学校中的广文大学后来成为齐鲁大学的重要组成部分，也可以说是山东大学的前身。乐道院内的钟楼是当时潍县东部的最高建筑，天气晴朗时，方圆十里之内都可听到这里敲响的钟声。

乐道院在省内外名气很大，历史上有很多名人在这里生活过，比如被人们誉为"西方研究甲骨文第一人"的《甲骨卜辞》的作者方法敛。方法敛酷爱中国文化，25岁时刚结婚就来乐道院任教，并以收藏和研究中国古钱币闻名，在20世纪初又转为研究刚发现的甲骨文；他和另一位也是在广文大学任教的英籍学者、《中国大百科全书》的作者库寿龄一起用10年时间完成的《甲骨卜辞》一书，为后继学者们提供了宝贵而可靠的研究资料。

1938年初，侵华日军占领胶东半岛，潍县也落入他们手中。由于此时美国尚持中立态度，所以日军对乐道院基本上不加干涉，乐道院成了流离失所的老百姓的避难所，入住的难民多达4000人，学校因无法开课而被迫解散。

旧时潍县

　　太平洋战争爆发3个月后，驻扎在潍县的日军宪兵队在伪军的配合下开进乐道院。他们赶走院内所有留守人员和栖身于此的难民，侵占了这里的所有建筑，洗劫了所有被他们认为有价值的资产、设备。他们将X光机之类的医疗器材及各种稀缺药品装上汽车，直接运往日军医院；而那些被他们认为无用的东西，像学校的课桌椅、物理化学实验室的仪器等，则被当作垃圾从室内清了出去，扔得到处都是。

随着战事的推进，日军决定在山东建立一个规模较大的集中营来关押长江以北的同盟国侨民。1942年11月，经日本驻青岛领事馆官员实地勘察，他们选中了位于胶济铁路中端的潍县，选中了潍县乐道院。

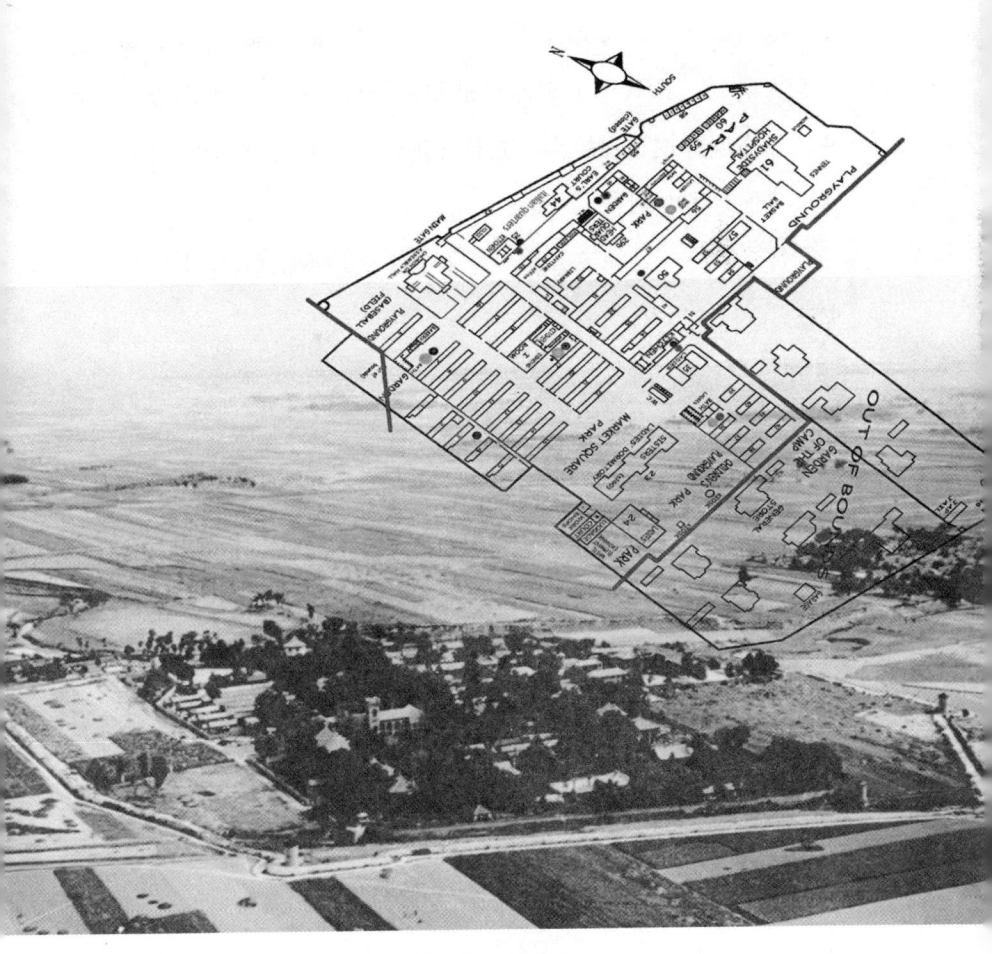

潍县集中营全景

日军抓来大批当地民工，用了4个月的时间，对乐道院进行了大面积的改造。他们砍光了靠近围墙和楼房的全部树木，拆除了各个小院落的院墙，用拆下的砖石和砍伐的树木修筑了许多岗楼，只留下西南角原美籍人士的小院供自己居住。此外，他们还加高了大院的围墙，在墙外的东北角和西北角各建一座大碉堡，在碉堡上架起机枪和探照灯，在高墙上铺设电网，并在墙外挖了深壕沟，先是在沟边架设起带刺的铁丝网，后来又加装了电网。

昔日幽静舒适的乐道院，立马变成了法西斯铁蹄下的黑暗牢狱。

日军在潍县集中营设立的碉堡和电网

改建工程刚完，日军便赶忙从北京、天津、青岛、烟台以及河南、山西、内蒙古等地往这儿押送侨民。因为这是一个秘密集中营，日军就专选夜晚，在夜色的遮掩下运人。那段时间里，潍县的老百姓每天夜晚看到日本人的大卡车轰隆轰隆，一辆一辆从火车站往乐道院里开，却很少有人知道日本人卡车里运来的是什么。

日本人在保密方面做得不错，改建后的乐道院从外面很难看出改动的痕迹。四面高墙上的电网与原来的铁丝网差不多，并不显眼；碉堡隐藏在围墙里面只露顶部，也像原来的天文台；大门口则未做改动，就连门楣上的乐道院匾额也一如既往，没有摘下。要是不知底细，没有人能猜到这里竟是一座大型集中营，一座大型牢狱，以至于在开始时很长一段时间里，英、美大使馆用了很大力气都打探不到，究竟他们的侨民被日本人运到了什么地方？也不清楚他们的侨民究竟是死是活？

日军将潍县集中营称作"敌国人民生活所"。作为中国内地规模最大的同盟国侨民集中营，潍县集中营最多时曾经关押2250名平民俘虏，其国籍包括美国、英国、比利时、荷兰、澳大利亚、加拿大、希腊、古巴、伊朗、南非、苏联、菲律宾、巴拿马、挪威、芬兰、新西兰、印度、爱尔兰、巴勒斯坦和意大利[1]等20多个国家，甚至有持美国国籍的德国人和嫁给美国人的

---

[1] 意大利在1943年9月向盟国投降并于10月向德国宣战后，亦被日本列为"敌国"。

中国人。其中最年长的86岁，最年少的只有一个月大。

集中营的被关押者中，不乏好些名人和后来成为名人的人，如第8届奥运会400米短跑冠军埃里克·利迪尔、山东大学和华北神学院创始人赫士、曾任蒋介石顾问的美国天主教神父基格（雷震远）、齐鲁大学教务长德位思、燕京大学理学院院长韦尔选、后来担任美国驻华大使的恒安石、后来担任美国新泽西州议员的玛丽·泰勒（戴爱美）。此外，还有燕京大学的33名教授，如文学系主任谢迪克、英语系主任桑美德、哲学系主任博晨、化学系主任窦威廉、音乐系主任范天祥等。

夜色迷蒙。

侨民们被日军用卡车运到集中营的时候，第一眼看到的就是大门口院门上的"乐道院"匾额。

他们中间一些人是认得中文的，照他们的理解，"乐道"不就是"快乐、幸福之路"的意思吗？莫非真的像日本人所许诺的，在这里他们能够过上"安全和舒适"的生活？

"上帝保佑，"有人长吐了一口气，"如果真是这样那可太好了！"

但是很快，他们心头的期待就被迎面而来的现实击了个粉碎。

朗顿·基尔凯等200多名美国人算是集中营里来得比较早的

一批，不过还不是最早的。早于他们几天，已有一些青岛的外国人和天津的英国人到来。朗顿进入集中营的时候，最先看到的是一大群蓬头垢面、肮脏不堪，好像难民一般的人。他们的衣服看上去湿漉漉、皱巴巴的，满是污垢，好像刚刚参加完街头斗殴。

看着他们，朗顿心中不免有些反感："上帝呀，这些人就像流浪汉一样，为什么他们不把自己弄得干净一点呢？"等他弄清楚这些人的来历之后，心情便立刻变得阴郁起来。他联想到自己，不久之后，自己是不是也会像这些人一样变得蓬头垢面、邋遢颓丧？这种肮脏、萎靡和狼狈是不是马上也会成为自己明天的生活写照？

同样的体验也曾经发生在尔后到来的英国人狄兰身上。来到集中营的第一时间，他也曾为那些先来者的改变感到惊讶。

这一大群五色杂陈的人，胡须未剃，衣衫不整，不少是狄兰在各地的熟人，有些还是朋友。不过就短短几天时间，他们何以改变如此之大，变得如此邋遢？他们原先的那些优雅和体面呢，都哪儿去了？

然而，不管是朗顿还是狄兰，当他们抬头看到集中营四围的高墙和碉堡，看到高墙上的电网，看到碉堡上正对着自己的机枪时，他们的想法马上都改变了，彻底改变了。

在枪口的威胁之下，生命变得脆弱，人性受到扭曲。此时此刻，占据他们身心的，只有恐惧，一阵比一阵更强烈袭来的恐惧。想到明天,想到余生的日子,他们感到绝望与无助,觉得整个世界都在颤抖!

日军看守为震慑和管控他们的囚徒想了很多办法,他们不但让巡逻队扛着上了刺刀的枪,牵着狼狗在院内不停地巡逻,还向侨民们宣布了一个严厉的点名制度:一年365天,不管刮风下雨,每天早晨7点半听到钟响,侨民们就要戴上写着姓名和国别的编号布到操场集合,按照看守当局发布的编组,排成6队接受点名。每次点名往往需要一个多小时,日本看守照着名册念到谁的名字,谁就得用日语报上自己的牌号,直到6个队的人数反复核实,确认无误后才告结束。

侨民画作《点名》

1943年6月30日当天的集中营点名册

这样的点名一天一次，有时候一天两次，甚至在"有情况"时半夜也得出来集合点名，谁也不能无故不到。这对老人小孩来说很受折磨，酷暑会让人热得接近虚脱，严寒的冰天雪地会让他们冻得浑身发抖。

点名的操场上，日本人的刺刀闪着明晃晃的寒光，他们的狼狗吐着血红的舌头。日本人有时还用步枪指着侨民数人数，令侨民们非常紧张害怕，因为他们不知道这些来复枪什么时候会突然走火。这正是日本人要达到的威慑效果，他们就是要用这种骇人的气氛给侨民们施加恐惧感，令侨民们老老实实服从管控。

集中营里曾经有过一件惨案，就发生在点名的时候。有一个男孩，碰到了从墙头电网上耷拉下来的电线，当场触电死

集中营囚徒佩戴的标志布

比利时人庞特一家佩戴过的囚徒标志布

亡。他的母亲看见了，不顾一切，哭着喊着要冲上去救儿子。人们怕她也触电，死死拉着她不让过去。

凄厉的哭喊声在人们心头恐怖地响了好几天。

除了恐怖，集中营的恶劣环境也叫人窒息。占地面积160亩的乐道院被分成日本看守生活区和侨民居住区两部分，中间有墙相隔。日本看守生活区占据的是院里的好房子，但这里是禁区，侨民们是不能靠近的。相比之下，仅仅一墙之隔的侨民居住区则完全是破败脏乱的境况，用侨民的话说，"真是糟糕得不能再糟糕了"。这里到处都是垃圾，不管是室内室外，垃圾都堆到了几米高。日本人已把这儿糟蹋得一团糟，几乎所有的窗户都破破烂烂，连一些建筑物也都摇摇欲坠，简直没法住人。

从北京过来的那批美国人到达时，人先到了，床铺和铺盖却未到。当时的天气又是下雪又是下雨，一场阴冷的瓢泼大雨之后，集中营里泥泞不堪，好像大沼泽地一般。一连几天，这些侨民只好穿着大衣，和衣睡在空荡荡的地下室的水泥地和地板上，实在冻得不行了，就爬起来跺着脚走一走，咬着牙在寒冷中度过难熬的夜晚。

朗顿在集中营里一直有记日记的习惯，他是这么记载那些日子的："睡在地板上的时候，我们从来都不脱衣服，两三天后，我们的衣服都皱巴巴的、十分凌乱，变得跟刚来集中营那天我瞧不上眼的那些难友一模一样……眼前的事实跟我以前的

挤住在一间屋里的一家六口

生活反差太大了,这对我们每一个人来说都是如此。"

月复一月,年复一年,这种糟糕透顶的日子就一直伴随着侨民们,成了集中营生活的常态。在这里,最难熬的是夏、冬两季。夏季天气热得让人难以忍受,令人觉得好像置身火炉,憋闷得像要窒息;到了冬季,暴风雪无情肆虐,取暖的蜂窝煤严重供应不足,根本无法抵御北方的寒冷,放在洗脸盆和桶里的水每天晚上都会结成冰块,清晨醒来第一件事就是要先砸冰。冬季清晨点名时,好多人都将自己裹在毯子里,靠相互依偎来取暖。日军看守穿着军大衣和及膝的皮靴,而囚徒们却只能将他们的脚裹在破布里。

集中营内，单身男人住处

乐道院住房面积有限，这么多平民俘虏进来后，住宿成了大问题。这里的大多数建筑为低矮的一层宿舍楼式，每个房间面积大约是10平方米，这样的房间就给各个家庭住。而单身男士和单身女士就只能住教室或会议室，往往一个教室或会议室要住二三十人，人们挤在一起几乎无法转身，即使是最好的情况下，宿舍里两张床之间的距离也不到两尺，在夜里，小便、打鼾、梦呓的声音清晰可闻，毫无隐私可言。这样的住宿条件，也使得同宿舍的侨民之间纠纷不断，甚至有为争夺仅仅巴掌大的空间而大打出手的情况。

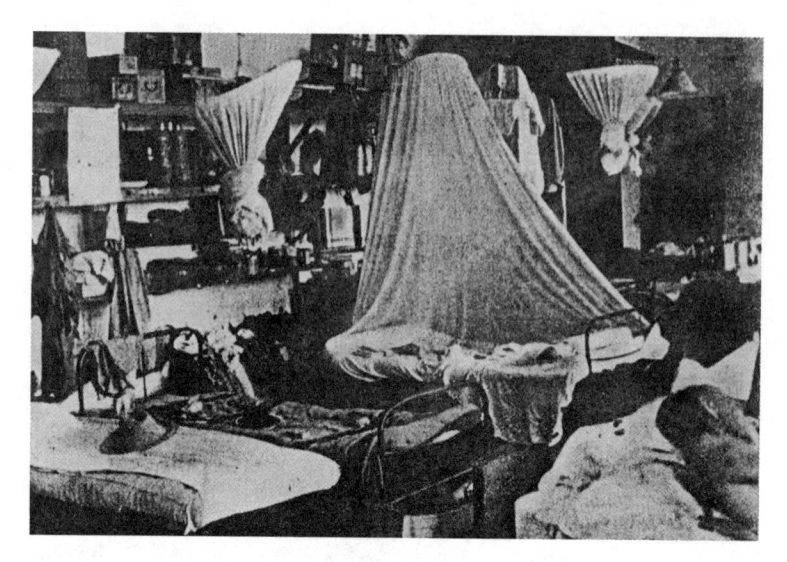

单身男人住处

很让侨民们忍受不了的，还有集中营的茅厕。不但少，而且脏得要命。走进茅厕大门，便有恶臭扑面袭来，用朗顿的话说，"其强烈程度远超我们西方人鼻孔所能承受的限度"。便坑是原始式的蹲坑，其实就是在地上挖坑埋个大缸，再搁上两块木板，西方人对此自然极不习惯；也没有水冲，堆着粪便污物，积纳不下了就四处横溢；再加上白花花的粪蛆一层一层满地乱爬，令人头皮发麻。对于西方人，特别是那些在过去养尊处优惯了的有钱人来说，上这样的茅厕真比让他们下地狱还难受。也曾经有孩子不小心掉进了这样的臭粪坑里。

不过，对集中营里男女老幼的生存构成最大威胁的，还是食物问题。

潍县集中营初始运作的时候,食物供应还勉强说得过去,面包、土豆、蔬菜不成问题,有时还有肉吃,可是很快,随着日军在战场上走向颓势,资源消耗殆尽,集中营就闹"粮荒"了。可以用来做面包的面粉既少又差,做出的面包总有股难闻的酸味,有时甚至还会吃出虫子来。即便是这样的面粉,随着时局的变化也变得越来越少,很快减少到不足原来的二成。这时候,能够供给侨民们的粮食大多数是发了霉的高粱与玉米,而且数量有限,须得算计好了节省着吃,只能煮成"稀得像胶水一样"的"粥"作为每顿的主食。

对于这种食不果腹、在饥饿中煎熬的日子,侨民们记忆极深,以至几十年后还一直忘不了。

澳大利亚人司荣宝记得,她那时候还小,经常挨饿。在她看来,高粱米在中国是给牲畜吃的,给人吃很难下咽。可母亲总是劝告她:"不断咀嚼,直到你可以咽下去,否则你会感到饿的。"有一天她实在饿得受不了了,对母亲说:"我太饿了。"母亲便给了她很小的一块面包,她一看马上明白了,是母亲从她自己的早餐里节省下来的。母亲给司荣宝面包的时候哭了,哭得非常伤心。司荣宝愣了,不知道母亲为什么哭,但后来她知道了:一个母亲,当她看到自己的孩子挨饿的时候,她比自己挨饿更难受!

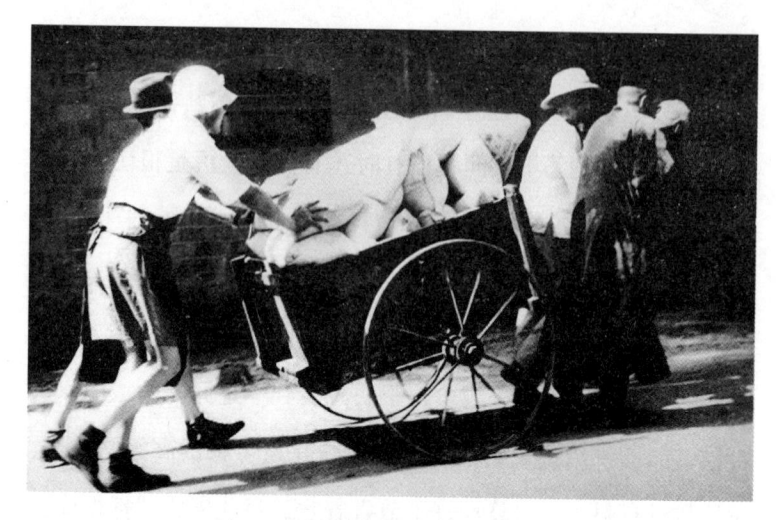

搬运粮食、食品

粮食供应如此，肉食供应就更不用说了。一般是偶尔才有，质量很差，尤其是夏天，由于卫生条件差，苍蝇多，送到厨房的肉常常都长满了蛆。有一回，厨房里的人看到送来的猪肝颜色发黑，边缘泛白，不敢自己做主，就去问医生能不能吃，医生也舍不得说扔，把眼一闭，默许了让其入厨。

还有一次，日本人的一匹马摔死了，日本看守自己不吃马肉也不让别人吃，直到马肉腐烂之后才允许侨民们吃。帮厨的侨民也顾不得马肉坏没坏了，他们将腐烂的部分一剔，把剩下的部分用开水洗洗，就给侨民做菜了。好些人都是闭着眼睛吃下这些食物的，就如他们所说，尽管吃着有点恶心，但他们需要营养。

在这样的情况下，蔬菜供应同样也难以保证。午、晚两餐,大家得到的常常是两勺漂着几片菜叶的汤。有一次,总算运来了一些土豆,露天堆放,可不知为何,日本看守就是不许侨民动用,直到土豆开始腐烂,才允许他们运去厨房。侨民们怕腐烂的土豆吃了会生病甚至中毒,日本看守却威胁说:"在吃完这些土豆之前,你们不会得到任何食物!"

那么,就没有其他什么可以比较充足供应的食品了吗?有,那就是产于潍县的茄子。一般都是装上满满的一卡车,运来后在仓库一直堆到天花板——这将是他们一个月的食品,天天吃,顿顿吃,直至把人吃得厌食,使得不少人后来出了集中营回国之后,看到茄子时便条件反射,想要呕吐。

被囚禁的日子

由于营养不良，人们普遍消瘦憔悴，体力衰竭，视力下降，精神萎靡，体重急剧下降。许多原先200多磅重的硕壮大汉瘦到只剩下百余磅，大部分成年人瘦到只剩下80多磅，他们穿衣服时发现，原来的裤子或裙子越来越显得肥大了，裤腰带要一紧再紧才行，衣服也越来越肥大，穿在身上好像不是自己的。而这种营养不良，更是使得老人和妇女形销骨立，疾病频发，损害程度最为严重。用他们的话说："我们今天脱下鞋子和袜子，不知道明天是否还能穿上。"因为忍受不了这样的生活，不少人还想到了自杀。

如此境况，真是对日本看守当局的极大讽刺。

难道这就是他们说的"难得的机会"和"西方文化的舒适"吗？他们当初承诺的"充足的食物供应""新鲜的蔬菜和时令水果"都在哪儿呢？

"战争把我们无情地抛到了这里，我们该怎么办？"面对现实，集中营里的很多人开始思考这个问题。

"活下去，好好活下去！"支撑着他们的是求生的意愿，是不愿向"糟糕现实"低头的理智。

于是，在侨民中有识之士的提议下，经过大家的努力，一个以自救、自助为宗旨的自治管理委员会在这个战时监狱里成立了。

自治管理委员会下设宿舍、劳动、供应、工程、医疗、财务、教育、纪律、总务9个委员会。宿舍委员会负责协调集中营内侨民更换宿舍和给新到的侨民安排住处；劳动委员会根据每个侨民的能力和技能，安排分派他们到厨房、烘焙房、锅炉房等各个劳动岗位工作，以保证各处必要生活设施的运转；供应委员会负责从日本人那里领取食品、燃料等物资，将其从集中营门口运进来，分发到各个食堂；医疗委员会动员集中营内的资深医师，为难友们提供医疗服务；工程委员会组织会电工、水管工、木匠活、泥瓦活的专业和业余爱好者，维修集中营里的生活设施，弥补其缺陷，让侨民们过得尽可能舒适一些；教育委员会则负责学龄儿童的教育以及针对成人的教育；等等。

2号厨房

自治管理委员会的产生，用的是民主推举的办法：先把集中营的侨民分成4个组，每组选出9名代表，分别进入自治管理委员会下设的9个委员会，然后9个委员会再从其组成人员里各推选出一人，共同组成总的自治管理委员会。9个委员会按照分工各司其职，负责管理集中营侨民的各项事务，并与自治管理委员会一起，与日本当局进行谈判、交涉、斗争，努力维护侨民的合法权益。

齐鲁大学教务长德位思博士和天主教神父基格（雷震远）被大家推举担任了自治管理委员会的领导人。德位思是1867年生人，出生于美国芝加哥，19世纪末来华，1906年来潍县任广文大学校长，11年后广文大学迁去济南，改名齐鲁大学，他当了教务长。大家推举他担任自治管理委员会主要负责人，是信任他的人品，同时还有一个原因是他对潍县乐道院以及整个山东的情况熟悉了解。德位思没有辜负众望，他一次又一次同集中营的日本当局进行艰难的交涉、谈判，为集中营里的侨民们争取到了一些基本权利，如准许孩子们在集中营里上学、准许教徒们在集中营里做礼拜等。

集中营里有一个带圆洞门的小院落，自治管理委员会在这里设立了办公室。侨民们管圆洞门叫作"月亮门"，也用"月亮门"来指代自治管理委员会，遇见难事时就会想到"月亮门"，都会说："去月亮门反映反映！"这个仓促成立的组织，已经成了大家的主心骨。也许是由于集中营关押的同盟国侨民太多,侨民的组成又庞杂,集中营的日本当局对如何管控这些侨民缺乏经验,有些头疼,所以他们也乐见侨民们成立自治管理委员会进行自治管理。不过,他们也很恼怒自治管理委员会动不动就代表侨民跟他们交涉、与他们斗争,这也着实叫他们头疼。

侨民画作《月亮门》

公告板

潍县集中营的侨民们国籍不同，宗教信仰不同，贫富不同，社会地位不同，人生经历也不同。这里既有富商、银行家之类的有钱人，有医生、教师、小业主之类的中产者和神父、牧师、传教士、修女等宗教人士，也有无业游民、小偷、妓女、瘾君子等社会底层人员。这样一个群体其实就是一个小社会，社会矛盾多，丑恶现象不少，要是放在平日，是很难把这么"一盘散沙"聚到一块的。而现在，集中营生活让他们暂时忘掉了这些不同，聚合到了一起。除了80多岁的老人和尚且年幼的孩子，他们每个人都必须无条件地参加劳动，用自己的双手救赎自己。学会生存，成了第一要务。

集中营有三个食堂，分别是第一食堂、第二食堂和第三食堂，也被叫作青岛食堂、天津食堂和北京食堂。在那儿做饭的厨师大多数都没有干过厨师这一行，他们有的是大学教授，有的是商界大亨，也有公司职员、艺术家，还有海员、修道士，如果要说他们以往的"厨师经历"，也不过就是在家里煎个鸡蛋、煮个咖啡什么的，如今，他们却要一日三餐忙碌在灶台边，为填饱难友们的肚子而奋斗。

所幸集中营里总算还有一些内行人，譬如北京食堂就有这么几位：一位是来自北京美国领事馆的前海军陆战队厨师，一位是天主教神父，还有两三名荷兰修女，他们之前都有过做大锅饭的经验。外行人和内行人协力配合，不仅每天要起早贪黑地操劳，还要精打细算、开动脑筋，想出怎样在食物供应紧缺的情况下做"无米之炊"的办法。

侨民画作《排队打水》

女侨民们在食堂干活

由于面粉和酵母的质量很差，烘焙房做出来的面包很难吃，而且硬邦邦的难以消化，但相对于其他食物总算还是有营养的。在高粱或绿豆也断了供应的情况下，厨师们想到了用"面包糊糊"给大家当早餐。他们将面包房里所有的陈食剩物浸泡上一整夜，挤干水分后用切块机切碎，再添点面粉弄稠些，加点桂皮香料和糖精把它调得香甜。这样的"面包糊糊"，虽然天天吃很让人生厌，但是对于充饥还是很重要的。

午饭一般就做炖菜，有肉最好，没有也只好不放。有时能有土豆供应，但次数不多，土豆个头也小，为了节约就不削皮了。到了晚饭，剩下来可吃的东西已经很少了，只好以汤代饭，喝"牛肉汤"或蔬菜汤。"牛肉汤"听起来不错，其实并不好，侨民揶揄说："那不过是颜色较深的水而已。"偶尔，如果能弄到一些面粉的话，厨师们也会为大伙做顿热的面点，但这样的机会实在不多。

每个食堂都要负责几百人吃饭，光靠厨师是不够的，劳动委员会每周会安排30~75人去做帮厨，帮助做些压水抬水、劈柴烧火、洗菜切菜、擦桌子擦地之类的工作。

侨民笔下的"烘焙工"

排队打水（一）

排队打水（二）

锯木头

约翰·海斯曾经是北京语言学校的校长，他现在的工作是第一食堂的一名司炉工。在这个新岗位上，他每天需要穿一身破旧邋遢的连衫裤工作服，但他常常会在工作服外面披一条樱花粉色的围巾，以显示他是英国一个名声显赫的赛艇专业俱乐部——里安德俱乐部的成员。

朗顿也被分配到第一食堂帮厨，给一位原是古董与艺术品商人的厨师爱德温·帕克打下手，负责刷锅、刷炒勺、切菜、搅拌汤之类的杂活。有一天早上，他登上墙边高处，想要清理一下位于一口开水大锅上方的管道，不想失去平衡，后退一步，一脚踩进了开水锅。他赶紧跳出来，脱掉鞋袜一看，这只脚已经脱掉了脚腕以下的皮，属于严重烫伤。他在厨房帮工的经历也从这一刻起终止了。

"进口"重要，"出口"也同样重要。这"出口"，指的是厕所方面的事。在这方面，侨民们采取了双管齐下的办法，一是自行加装水管，设计、加装冲水装置，让厕所尽量"现代化"些；二是轮流到厕所当清扫工，清扫脏物，无论愿意不愿意都得参加。

对这项工作，好些修女的行动特别让人感动。她们本来都是要穿着长袍、戴着黑纱头巾示人的，为了清扫厕所，她们脱下了衣帽，仅戴一层面纱。用侨民的话说，她们是"优雅而又尊严地做着这件事"，既不怕脏臭也不怕累，给人印象深刻。

"让我们体验劳动的快乐，因为你如果工作干得出色，你的收获会越来越多……"集中营里的人们曾用这首歌鼓舞自己。包括那些原先"四体不勤"的人在内，所有侨民都当起了体力劳动者。

他们清理了院内那些堆积如山的垃圾，总算不再受到垃圾的包围；他们中的能工巧匠们带动一批热心人，组成了泥瓦工小组、电工小组、水管工小组和木匠小组，包揽了修理的活计；还有一些巧手急大家所需，开起了理发店、修鞋店、修表店；就连妇女们也不甘赋闲，办起了衣服缝补中心与洗衣房。更值得一提的是，人们在清理垃圾时发现了许多废弃的医疗器材设备，经过拼凑和修理，好些都可以使用。侨民中不缺医生，有了这些器材设备之后，他们就有了自己的医院了。

"活下去，活下去！"为了这个目标，他们都在努力。

从1943年3月至1945年8月，大部分被关押在潍县集中营的人经历了两年半的囚徒生活。在这两年半期间，集中营的关押人数也有过一些大的变动：先是1943年8月，440名天主教僧侣和修女被转移到北平的一座天主教堂关押；不久，美国与日本交换俘虏，又有390名美国人被交换回国。这些人走了之后，日军马上又送来了另一批囚徒填补空缺，其中人数最多的就是此前被拘禁在烟台毓璜顶古庙里的芝罘学校300多名孩子与他们的老师。

在芝罘学校的学生到来之前，集中营里已经有天津新学书院的学生和一些与父母一起被拘禁的孩子。小小年纪就失去自由，成为战争中的囚犯，这些孩子是不幸的。可与芝罘学校的孩子们相比，他们还算幸运的，毕竟还有父母在他们身边，不像这所寄宿学校的孩子们，当他们身陷困境时都不知道父母在哪里。

高墙内的童年

就读于芝罘学校的戴家四姐弟——戴爱美和她的姐姐戴爱莲、哥哥戴绍曾、弟弟戴绍仁,从在烟台被囚禁一直到被遣送至潍县集中营,他们的父母都没在身边。战时通信联络困难,四姐弟不知道他们的父母是仍在河南呢,还是去了别的地方;同样地,在很长的一段时间内,他们的父母也不知道子女们的下落,不知道姐弟四人被日本人关押在什么地方。

本来,姐弟四人也是有机会不沦为日本人俘虏的。战争形势逐渐变得严峻的时候,他们的父亲曾经买好船票,准备带着全家离开中国。可随着船期的临近,父亲又退掉了船票。

戴绍曾问父亲为什么又不走了,父亲说:"这个时候我们不能走,要留下来和中国人在一起。"

父母把四个子女交付给芝罘学校后,自己则留在后方为教育奔忙。他们没料到时局会变得这样恶劣。日本偷袭珍珠港时,他们正在陕西凤翔一所学校任教,看到报纸上刊登的消息，母亲的第一反应就是为子女们担忧。想到孩子们可能会成为日军的小囚徒，她不禁浑身发软，泪流满面地倒在床上。

在潍县集中营，像戴家四姐弟这样的孩子并不在少数，他们都是在远离父母和家人的情况下，过着缺衣少食的囚禁生活。好在他们还有一些极有爱心和责任感的好老师，他们在孩子们最需要父母的爱而这种爱又偏偏缺失的时候，尽全力支撑了他们的成长。

老师们考虑：孩子们在集中营的所见所闻，以及他们所遭遇的灰暗经历，最容易造成他们心理上的阴影，甚至成为他们一辈子的阴影。所以，他们总是尽可能地用善意的"谎言"掩饰集中营里的黑暗，用乐观的话语鼓励他们，让他们幼小的心灵得到抚慰，让他们在灰暗中看到光明。

他们总是对孩子们说，眼前的一切马上就会结束，明天会很美好，或许哪天早晨一觉醒来，他们就可以走出集中营，回到原来的学校，回到父母和家人身边了。

在戴爱美生日那天，一位女老师不知道从哪儿弄到一个苹果单独为她庆生。在那个时候，苹果可是稀罕物，老师带她来到集中营的一个偏僻角落，用枯树枝在一个用石头搭的临时炉灶里生了火，再把苹果削成薄片，用一只铁盒子一片一片地油煎了给她吃。这件事让戴爱美铭记了一辈子，她记住了苹果薄片里好看的"苹果花",更铭记着老师在那个特殊环境里给予她的母爱。

恶劣的生存条件下,学生们仍然在集中营里坚持学习

芝罘学校曾经被誉为"苏伊士运河以东最好的英文学校",是一所全世界都知名的优秀学校。学生高中毕业考试用的是英国牛津考卷,考卷送牛津复核后,毕业生可以免试升入英国任何大学。即使到了集中营,学校的老师们也想把这种传统继承下去。在德位思博士和教育委员会的争取和帮助下,学校很快在集中营里重新开学,不但从小学到高中各个年级段都有,还增设了接收6岁以下儿童的幼儿园和托儿所。为此,又专门从侨民中挑选了一些高水平的老师充实到学校。

这个集中营里的学校没有教室,春夏秋三季就在室外上课,大树底下就是露天教室,广阔的大地就是学生们的课椅。到了寒风刺骨的冬天,室外不行了,就转移到狭窄拥挤的宿舍,让孩子们挤在床上、坐在行李箱上面上课学习。

学校也没有新课本,所用的课本都是孩子们前来潍县之时遵照老师的嘱咐随身带来的。这些课本在集中营内是要循环使用的,上一年级用完还要传给下一年级。英语、法语、拉丁语、数学、生物、历史、地理,几乎每一门功课都是这样学下来的。因为缺少纸张,学生们很少用钢笔写字,而尽量用铅笔来写,这样可以把写过字的纸擦干净了再用。

在集中营里,虽然一穷二白,窘迫得不能再窘迫,老师们的教学却一丝不苟,依然以牛津考试的标准来严格要求学生。他们对学生说:"听着!总有一天,我们会出去。当我们出去后，我们还要与美国、英国、澳大利亚的孩子在同一个起点上竞争。"

老师们考虑得很周到，在进集中营时就带来了上一年牛津地方学校证书考试的试卷，这样就可以在集中营里严格安排毕业班学生进行考试了。老师说："努力吧，等到战争结束的那一天，我们会把你们的试卷带回英国，希望牛津当局会接受它们！"

玛格丽特是芝罘学校在潍县集中营的毕业班学生，她回忆当时的考试时说："我是坐在厨房里考的，脚就放在出灰的地方。那儿有一块木板可以写字。他们给了我很长的时间，并进行了认真的监考，以便他们对牛津当局解释。虽然是战争时期，学校的一切却照常进行，我因此参加了考试。老师看了试卷后说，不能确定牛津当局能否通过，但他们会把试卷一直保留到战争结束。"

老师们没有食言，他们真的在战后把这些试卷送到了牛津大学。牛津当局十分重视这些在集中营里完成的考试试卷，组织教授们进行了认真的审阅。在潍县集中营，芝罘学校共有三届学生毕业，前两届全部合格，第3届的11名学生虽然是在动荡的时局中参加的毕业考试，但是依然有9名学生合格，大多数学生在战争结束后直接升入了牛津大学——这是后话。

战时的集中营，生存环境无疑是恶劣的，尤其是对未成年的孩子们。即使是在这样的环境里，老师也没有放松对孩子们的严格要求，每天早晨都让他们排队接受个人清洁卫生检查：是否够干净？衣服外观是否整齐？衣袜破了，是否缝好补好了？

就是生活上的细节也要一丝不苟。老师说："虽然我们外表上是囚犯，但内心里我们不是！"所以，在食堂打饭也要挺直身体排好队，表现得自尊一些；即使在极度饥饿时喝着盘子盛的稀汤，也要保持文雅的样子，"像白金汉宫内的两个小公主一样用餐"。

虽然要在恶劣的环境中培养高贵的人格不是一件容易的事，但他们仍然要与这种环境做一次抗争。

老师坚持带领学生们开展活动

干活的小孩

与大人们一样，孩子们在集中营里也得参加劳动，劳动项目包括帮厨、做煤球、清扫垃圾、清扫厕所等。之所以要做煤球，是因为集中营里的煤的质量很差，是不能烧的煤粉，要兑上土和水做成煤球才行。这种活对孩子们来说比较艰难，尤其是寒冬，他们的手脚都已冻出了冻疮，还得用裂得全是口子的手去做煤球，可他们一个一个都经受住了。

集中营里老鼠、苍蝇、臭虫横行，老鼠与侨民们抢粮，臭虫咬得大人小孩浑身起包，苍蝇会传播疾病。学校就发动孩子们举行抓老鼠比赛，开展打苍蝇、灭臭虫活动。这些劳动和活动都成了孩子们锻炼的机会。

日子一天天过去。随着时间的流逝，有两个绕不过去的问题使得芝罘学校的老师们和其他孩子的父母们大伤脑筋。

一个问题是孩子们在长大，没有衣服、鞋子穿了。特别是芝罘学校的学生，因为学校被日本海军霸占得早，每个学生出来时都只有两身校服，刚开始还行，大孩子穿过的给年纪小的穿，再匀点大人的衣服改改给大孩子穿，破了也可以补；

为冬天取暖做煤球

渐渐地，衣服都破烂了，补都没法补了，眼看冬季就要来临，过冬的厚裤子却尚无着落。

焦急之中，在天津做过裁缝的莱克太太想到了一个法子：可以用毛毯当布料，缝制裤子。她先试着做了一条，大家一看还真的不错，于是纷纷拿来毛毯请她帮忙缝制。集中营里的冬天寒冷，毛毯对于侨民们来说当然也十分重要，可是与孩子的裤子比起来，还是有裤子穿更重要一些。在莱克太太帮助下，很多孩子总算穿上了过冬的裤子，"裤荒"问题得到了暂时缓解。可毛毯毕竟纤维不足，来年刚刚开春，就有男孩子来找莱克太太,羞红着脸说,他的裤裆不知怎么已经裂开了……

鞋子问题也是让人头疼的问题。这个年龄阶段的孩子变化大,鞋子说小就小了。解决的办法也是大的穿了再给小的穿,穿破了的拿块布头把破洞补补;如果鞋子真太小了穿不进去了,就把鞋头剪掉一点,让脚指头露出来照样穿。即使是这样的鞋,也要为冬天预备着,留到冬天穿。所以在夏秋两季,好多孩子都只能打赤脚,尽管赤脚走集中营里的煤渣路会很疼,那也比冬天没鞋穿冻坏脚要好。

另一个绕不过去的问题是孩子们营养不良,严重缺钙,这导致他们的生长发育受阻。他们一个个面黄肌瘦,指甲凹陷,

物资严重匮乏,一双鞋子只好一补再补

牙齿松动，本来已经发育的少女连月经也停了。事实真的是这样，英国人约翰·格兰特当年才10多岁，就是因为在集中营里营养不良、严重缺钙，后来两个膝盖关节都坏了，只好换成了人造的假关节。

看到孩子们这种情况，老师们和家长们都很焦急。他们知道这会影响孩子们的一生，甚至会毁了这批孩子。为此老师们伤透了脑筋，最后想出了一个办法：用鸡蛋壳为他们补充钙质。他们将蛋壳洗干净，烤焦，再捣碎，研磨成粉，让每个孩子一天吃一汤匙。

蛋壳粉很干，还有一股难闻的味道，很难下咽，学生们都不想吃。老师们就"软硬兼施"，每天都逼迫他们吃。他们让学生排着队，一个一个亲自喂他们吃，看着他们就着水咽下。

这个方法后来在整个集中营推广开来，被称为集中营里的一项"伟大的发明"。

为了孩子，老师和家长们真是操碎了心。

"虽然我们外表上是囚犯，但内心里我们不是！"这个声音也一直响在集中营所有侨民的心里。无论日子如何灰暗难挨，他们都不想让苦难吞噬自己的乐观性情，用他们的话说，依然还要"苦中作乐"。

集中营里有很多乐手，在北平时是一个叫救世军的铜管乐队的成员。等到在集中营安顿下来，他们又聚到了一起，还吸收了几个来自天津歌舞团木管乐组的成员和业余提琴手，成立了一个管弦乐队。管弦乐队得有乐器，他们有吗？有。这件事，得归功于澳大利亚人莱纳德·斯坦克斯，他在被遣送来潍县之前，曾经骑车在北平挨家挨户通知，要大家尽量带上乐器。他对大家说："我们不知道要在那里关多久，可我们需要音乐！"他自己则采取了聪明的办法，在托运床具时，偷偷把三件铜管乐器——一个大号、一个次中音号和一个小号夹在两个弹簧床垫之间，绑上绳子打了包。日本人没有仪器检查行李，竟然让大件乐器也混进了集中营。管弦乐队成立后，经常进行排练和演出，响在高墙内的乐声很让侨民们感到振奋。

和管弦乐队并驾齐驱的还有一个歌咏队、一个话剧社和一个舞蹈团。歌咏队是侨民们自发组织的，经常演唱的是民谣、小曲、情歌，也会唱亨德尔的《弥赛亚》、门德尔松的《以利亚》等古典歌剧。话剧社的成员，是一批经验丰富的老手，他们演得最多的剧目是萧伯纳的《安德鲁克里斯与狮子》，他们不但要演戏，还要自己制作道具，剧中10位罗马士兵的甲胄，便是他们用罐头盒子做的。舞蹈团则由一些来自天津乡村俱乐部的非洲裔美国人组成，他们都是珍珠港事件后被日本人抓来的，他们用专业水平的舞蹈给被囚禁的侨民们带来了心灵的慰藉。

在周末和节假日，集中营里会有各种各样的演出，如大合唱，还有孩子们喜爱的哑剧。他们曾将《迪克·惠廷顿》的故事搬上舞台，修女们组织露天表演，每个孩子都可以上台扮演天使、牧羊人或普通群众。遇上停电，大家会拿来自己家的蜡烛或小油灯将其点亮，用一片烛光照亮舞台。

除了文艺演出，还有体育和棋类活动。最受欢迎的是棒球和曲棍球，一些比较大的侨民群体都有自己的棒球队，其中实力最强的竟是神父队，有他们比赛时，在场边观战的侨民是最多的。

侨民中还有好多绘画好手，有的水平还挺高，他们怀着乐观的心态，画了很多水彩画和钢笔、铅笔、炭笔素描。这些画作大致包括两类：一类画的是侨民们的集中营生活，非常真实形象地画出了失去自由的侨民们的艰难无奈；另一类画的是集中营里的植物和风景，用画笔给每日所见的乐道院建筑和景物留了"影"。这些画作都很有造诣，尤其是那些

侨民画作《洗衣服》

风景画，色彩绚丽，通透明亮，饱含了画家们别样的希冀与深情。他们手绘这些作品，不仅仅是为了打发寂寞烦恼的时光，更是要用这些绚丽的色彩寄托自己渴望解放的心愿。

尽管自由受到严格限制，日子难熬，苦闷压抑，但是，集中营里的人们向往自由生活的愿望从来不曾消失。

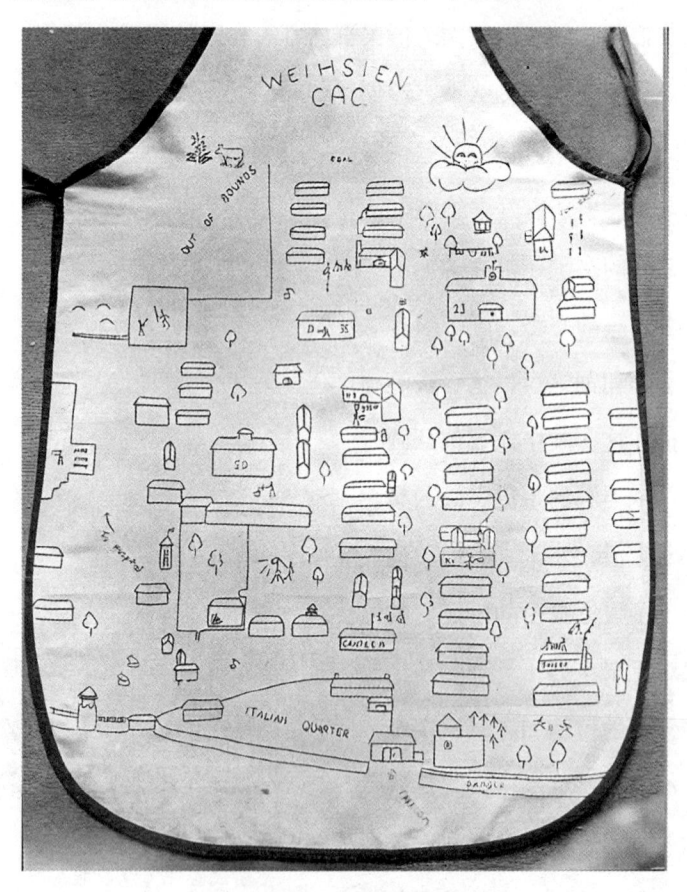

侨民画在围裙上的潍县集中营地图

侨民的集中营写生画

侨民笔下的住处内部

第三章 / 苦岁寒夜，暖流悄然涌动

　　至1943年，美国军队实力的极力扩张终于开始产生效果。虽然在战争生产方面有了很大的提高，但是日本依然无法与美国相匹敌。从位于新几内亚和所罗门群岛相对较小的新起点开始，盟军的反击不久之后便在速度和实力上均得到发展……至1944年中，一场残酷的潜艇战役，开始使日本陷入无法对本土进行防御的境地，日本本土开始遭到沉重的炸弹攻击……

　　1944年下半年至1945年初，随着对菲律宾、硫磺岛以及冲绳岛的占领，对日本形成的包围圈又开始缩紧了。日本"神风敢死队"自杀式的垂死进攻，并没有减缓美国人的推进。盟军进攻日本本土的计划，在1945年8月开始逐步形成。

　　　　　　　　　——［英］萨默维尔《二战战史》

中国有句古话,叫"民以食为天"。实际上,岂止是中国,但凡活在这个世上的人莫不如此。不信可以问问普天下,有谁敢说自己不怕饿肚子?

对此,潍县集中营的侨民们的感受是最深的。他们那时候所面临的致命威胁,首先就是饥饿。

在被关押的日子里,尽管三个食堂的厨师们没少动脑筋找寻各种代用食材来填大家的饥肠。尽管自治管理委员会的领导们也没少费口舌为粮食供应问题与集中营的日本当局屡屡进行交涉,但食物的匮乏始终是集中营里无法解决的难题。饥饿就像恶虎,凶狠地咬噬着每一位侨民的健康和生命。

也是由于饥饿,人性中恶的一面得以显露,有些人仅仅为了多分得一小勺食物,就可以抛却斯文和教养,毫无自制地与食堂里的人、与别的难友吵架,甚至动粗……

饥肠辘辘,身陷囹圄,何处可觅拯救生命的食物?这个时候,有人想到了潍县的老百姓。他们想,都说山东的老百姓豪爽仗义肯帮人,如果他们知道了我们的状况,也许会出手帮我们一把。

然而,一堵高墙隔断了集中营内外。墙内墙外两个世界,墙外的消息进不去,墙内的消息出不来;里边的人没法把自己的境况告诉外边,外边的人也不知道里边究竟发生了什么。倒不是没有中国人进去过集中营,也有。为了维持住这么一个规模不算太小的集中营，集中营当局也不得不雇用少量中国苦力来干一些急需干的脏活重活。但他们有明确规定，不许这些中国人与外国侨民接触，更不许中国人把食品和衣物带进集中营，违者就要受到严惩。墙内盛传，曾经有一个中国苦力偷带食品进入集中营，日本人发现后，便把他打得死去活来，随后便失踪了。

集中营鸟瞰

潍县集中营墙外泥泞的道路

非但如此,日本人还不允许潍县的老百姓靠近集中营的围墙。曾经有一个农民,仅仅是在集中营前面的路上捡拾碎烟叶,碉堡上的日本看守就拼命地朝他开枪,把他打死了。上虞河村有个女小学生叫韩贞昌,才13岁,她在集中营外捡破烂时被日本看守遇见了,日本兵一把抓起她扔进河里,还不让她起来,等到她泅上岸时又抓起来扔下去,直到她渐渐被河水淹没……为了阻断侨民和当地老百姓的联系,集中营当局真是手段用尽,凶狠毒辣,无恶不作。

侨民画作《集中营里的墓地》

　　那么，这堵高墙真的就那么严实、无隙可寻吗？显然不是。侨民中有人比较机灵，他们避开日本看守的注意，沿着围墙四处察看，很快就发现了一个可以利用的隐蔽角落。

　　这个角落位于集中营围墙的西边，离乐道院大门稍远，是夹在高墙和几栋房子之间的一块空地。空地上杂草丛生，很荒芜，因为四周都被房子的墙壁或高墙围堵，只在东南处留有一个出入口，所以很隐蔽，平时不大有人光顾，就连日军的巡逻队也很少进来。又因为高墙在空地的北边往里拐了一下，形成

侨民画作《乐道院一角》

遮挡，日本人在他们的碉堡上看不见这儿，连夜晚的探照灯也照不到这儿。

想不到戒备森严的集中营内也有一个隐蔽的角落！这个发现让发现者们兴奋不已，他们马上转开了脑筋：何不利用这段围墙做做"文章"，冒一次险？

于是就分头写了几个纸条，先是诉说关在集中营里的侨民的处境，再是各自列出几样急需的食物，希望墙外的好心人帮助购买，然后连纸条带钱币裹在破布破衣服卷成的包裹里，趁着夜幕掩护偷偷掷出高墙，扔到壕沟和铁丝网外的空地上等人捡走。

布包是掷出去了，一连掷出去好几个，可是会不会有结果，谁也说不上。从白天到夜晚，都会有人找借口来空地这边溜达。看似无目的地瞎转悠，心里头却着急得要命。

一天，没有什么动静；两天三天，依然没有什么动静。

是扔出去的布包没被人发现，没被人捡到？应该不是吧，虽说日军不许当地老百姓靠近集中营，可从时不时传入墙内的吆喝声、说话声判断，不听吓唬的村民还是有的，他们依然还会来这边放羊、挖野菜，或从这儿路过。既然有人来，布包怎么可能不被发现？

那么，就是老百姓帮不了这个忙啰？这倒有可能。日军侵占潍县四五年，对潍县进行的经济搜刮和掠夺空前残酷，使得这儿的老百姓一下陷入了贫困，日子过得都很艰难。在这种情形下，就算百姓们愿意出手相助，也是力不从心，困难着呢。

失望。看来是没有希望了。

没想就在这个时候，喜从天降——夜半时分，有包袱从墙外扔了进来！

先是一个，尔后又是一个，再是一个……大家高兴极了，赶紧把几个包袱都打开了。一看，正是他们写在纸条上的那些食物！

"我们得到潍县百姓的帮助啦！"消息像长了翅膀，在侨民中很快传开。大家先是悄悄地打听消息是真是假，在得到证实后便纷纷效仿，也趁着黑夜将包着购物清单和钱币的求助布包投向墙外。

这些钱币，有的是他们所收到的"抚慰金"——那是侨民们各自所属的国家通过中立国瑞士转送过来的"生活救济借款"，为数不多，是让他们用来购买卫生纸、肥皂、香烟之类生活必需品的；大多数则是他们被押送来集中营时偷偷带来的。当初进集中营时，日本当局有规定不许带钱币进来，如果带进来了也要上交统一保管。好在有的侨民多了个心眼，没听他们的，手头多少藏了一些钱，现在正好用来救急。

"抚慰金"不多，当初偷带进集中营的钱其实也多不到哪里去。等到手上的钱币用完了，他们就以物换物，翻出藏在箱底的衣服,摘下身上的手表、首饰、戒指进行交换。这些带进集中营来的衣物首饰,对于它们的主人来说,很多都有这样那样的纪念意义,不到万不得已,没有人愿意让它们离开自己,可是为了活下去,他们只好咬咬牙,忍痛割爱了。

当年还是小孩的布莱恩·布彻清楚地记得,他的母亲为了给孩子们买点鸡蛋、新鲜蔬菜之类的营养食品,不得不撸下了戴在手指上的一枚具有重要纪念意义的戒指。母亲为此非常难过,尽管后来走出集中营的父亲又为她买了一枚漂亮的戒指作为弥补,但母亲仍然一直伤心,几十年了都不能释怀。

还有一位神父,没有钱币和其他有价值的东西换取食物,只好取下口中一枚金牙包好扔到墙外,可他很不走运,还没等到墙外扔回来他想要的食品包袱,就"东窗事发",被日本看守抓了起来。

高墙内的侨民们永远难以忘记,当他们最困难的时候,是墙外的中国人侠义善心,给了他们切实的帮助。他们知道,战争时期民不聊生,物资奇缺,不是所有东西用钱就能买到的,要搞到他们写在清单上的东西,乡民们一定没少花心思和气力,好些米、菜、肉可能还是他们从自己和家人口中节省下来的。令人感动的是,即使在这样的情况下,侨民们所收到的物品往往还比他们所期望的数量要多好几倍。说到这些,没有一个侨民不感叹的。

集中营侨民笔下，碉堡上荷枪实弹的日本兵

采办物品不易，如何把这些物品传送到侨民手中则更难。乡民们得冒着莫大的危险，在约定的时间——晚上10点之后，从事先侦察好的铁丝网底下钻进来，再爬过一道一米半深的壕沟，才能靠近集中营的墙根。为了避免发出太大的声响招来荷枪实弹的巡逻队，乡民们想出了一个办法——用长竹竿挑起包袱送过墙头，让墙内的人站在土包上接过去。一边是一个一个挑送，一边是一个一个接收，悄没声息地进行，居然持续了很多日子都没有让日军看守发觉。

就这样，在集中营东北边的这个隐蔽角落，就在日军的眼皮底下，高墙内外的人们凭着他们的智慧和胆量，成功地开辟了一条秘密的交易通道。因为这里的交易都是在黑夜里进行的，更因为这种交易是躲着日军，是被日军严令禁止的，所以大家就开玩笑，将这里戏称为"地下黑市"。

侨民画作《黑市交易》

"地下黑市"很快就形成了规模。购进量不小,品种也好多。其中,最大量的是糖、蜂蜜和鸡蛋——这不难理解,对于因长期饥饿而极度虚弱的人们来说,天底下没有什么东西会比可以救命的食品更重要!糖的需要量大,通常得用麻袋来装,一麻袋满满当当的差不多有60斤重,真不知乡民们是走了多少路,从哪儿收罗购置到这么多糖的;也不知墙外墙内的人们用了什么样的高招,让它们神不知鬼不觉地越过高墙的。

鸡蛋就更不用说了。据美国人朗顿·基尔凯记载,那时候每天越过高墙偷运到集中营的鸡蛋少说也有1300个。就是说,就算每只老母鸡每天都能生一个蛋,周边的村庄里也得有

1300只老母鸡在为集中营里的侨民们生蛋呢。

此外,来自潍县乡间的土布鞋也是"刚需"。冬天快来了,原来的鞋都穿烂了,没有鞋子可过不去冬天。尤其是孩子们,特别费鞋,再加上长个儿,很多时候都是没鞋穿的,在夏天秋天打赤脚还勉强凑合,若是三九严冬还这样岂不是要冻坏双脚?

"地下黑市"既为"地下",守住秘密就非常重要。这时候,墙内、墙外都得有人站出来充当统一联络、协调者,以防交易过于频繁、秩序过于混乱而被日军看守发现。在墙外,很快就有了这样的人,那是一位姓康或者姓江的太太。隔着高墙,侨民们不知道她长什么样,年纪是大是小,甚至听不清她究竟是姓康还是姓江,但她确实是一位很热心很负责也很有能力的联络人,全权担起了和墙内联系的任务,而且把墙外的事情安排得井井有条。

在集中营内,自愿站出来担任联络人的是46岁的斯甘林神父。

出生在澳大利亚的斯甘林是特拉比斯特修会的修道士,曾经当过老师,也在修道院干过接待访客的工作。他对人热情,做事细心,在侨民中很有人缘。他和另外4位传教士所住的房间离东北边的高墙不远,正好就近用来进行"黑市交易"。平日里,他到处走动去收集订单,把侨民们希望从墙外购进的物品记下来，到了晚上约定的时间则会去到墙根底下收货，再把新的订单传出去。

斯甘林神父有一套安全的办法来接收墙外输送进来的鸡蛋而不被人发现，那就是利用墙根下方一个排水管窟窿。窟窿不大，正好容得鸡蛋滚过来。墙外的人在外边一个个地传，穿着长袍的斯甘林神父在里头一个个地接，一会儿就能接一大堆。他有很多帮手，大人小孩都有，像小帮手斯坦利·费尔柴尔德，年纪才12岁。可以想见，当他的帮手们将这些鸡蛋小心翼翼地放在自己的衣兜里，偷偷转送到各个家庭、各个侨民手中的时候，那些大人小孩会有多么高兴。

斯甘林做事非常小心谨慎，虽说东北墙根一带地点偏僻，日军巡逻队很少过来，他还是安排了两个帮手在远处放风，这样一旦发现有日军的巡逻队过来，放风的人就会大声唱起"格里高利圣咏"。

但是，即便如此谨慎，还是不免出事。

或许是有人不慎走漏了消息，或许是日本看守从侨民们的厨房发现了什么蛛丝马迹，他们开始怀疑了，开始注意到集中营东北边的这个荒僻角落了。这天晚上，斯甘林神父正守着墙根下的排水管窟窿接收墙外送进来的鸡蛋，突然听到了放风的人唱起了"格里高利圣咏"，他马上停止了接收，一边用长袍遮住排水管窟窿，一边拿起一本《圣经》诵读起来。

两个日军巡逻兵来到他跟前,问他在这里干什么。斯甘林扬扬手中的书说,在读《圣经》。日本兵说,天这么黑,你能看得见?他说,我书上有折页做记号,只要看上一眼我就知道念的是哪个章节。说完又大声朗读起来。

墙外的老百姓并不知道墙内发生了什么事,还在继续推送鸡蛋。鸡蛋没人接收,纷纷滚落在地,好些还碰碎了,蛋清蛋黄流了一地。

斯甘林无法通知和阻止墙外,只好用更大声的诵读来掩饰。但是没用,日本兵用手电一照,什么都明白了,立刻把他抓了起来。

斯甘林被推搡着押到集中营当局的办公楼里受审。看守当局指挥官非常生气,放出话来说,一定要对他进行严厉惩处,以儆效尤,把"地下黑市"完全铲除。

一句"严厉惩处",让整个集中营的侨民们都为斯甘林捏了一把汗。他们不知道日本人会如何惩治他,生怕他会被执行枪决,或者受到严刑拷打。一天又一天,他们走出屋子,互相打听有什么消息动静。想着念着斯甘林神父的好,人们一直处于惴惴不安之中。

还好,日本人因为他们也有好多侨民在美国人手上,怕美国采取同样的报复行动,所以不敢贸然杀害西方侨民,尤其是不敢对一个天主教神父下毒手。最终,看守当局只判处斯甘林关15天的禁闭，把他关到了严密看守的黑屋子里。

斯甘林坐完禁闭出来那天，受到了所有侨民英雄般的欢迎。由20多人组成的管弦乐队吹奏着动听的乐曲，护送着他

侨民画作《被囚禁的牧师》

穿过大院,一直把他送到住处;一路上簇拥在他身旁的,是许多不停欢呼着的大人小孩。没过多久,一首歌唱斯甘林的幽默小曲《监禁者之歌》在集中营里传开了:

哦!上个星期三实在不巧,
特拉比斯特修士竟被逮到,
能够煎煮的鸡蛋现在变少!
我独自在黑暗的囚室思考:
我的朋友们是否肚饿腹搅?

"地下黑市"被发现之后,日本当局立即采取了严厉的防范措施。

他们发布禁令:凡是"敌国人民生活所"里的外国人,不管来自哪个国家,一旦他与中国人交谈时被当场抓到,就将被移送到潍县城内关押中国人的监狱里,囚禁两个月至三个月。

同时又将原先的一道禁令予以重申并严格化:集中营围墙3米以内禁止任何人靠近,一旦发现有人靠近并与围墙内的人说话,看守就会开枪射击。

随着禁令的发出,他们还强化了巡逻队,增加了夜间巡逻的时间和路线,堵死了原先的漏洞,摆出了一副誓将"地下黑市"斩尽杀绝的架势。

看守当局的这两道禁令,一道是给墙内侨民的,一道是给墙外中国人的。对于侨民,他们还算有所顾忌,不敢肆意乱杀,所以就以"移送"到环境条件恶劣的"关押中国人的监狱"相威胁;而对于中国人,他们就百无禁忌了,想杀就杀,想剐就剐,连眼皮都不眨一下。

据朗顿·基尔凯记载,日本人曾在那些日子里抓住了两个给集中营运送食物的农民,把他们交给行刑队枪决了。为了震慑集中营里的人,他们把枪决的地址选在可以让集中营里听到枪声的地方,侨民们都听到了那两声恐怖的枪响……

在子弹上膛、刺刀出鞘的"三八大盖"的威吓下,"地下黑市"果然销声匿迹了。一连几个星期,高墙周边除了此起彼伏的虫鸣和蛙鼓,再也见不到人影,听不到人声。

不过,这种情景只维持了几个星期。几个星期后,当日军看守觉得他们的防范措施已经达到预想的效果,绷紧的神经开始觉得疲劳,开始慢慢放松的时候,充满了温情的"地下黑市"又悄然复活了。

还是与原来一样的人马,还是与原来一样的交易方式。所不同的是,不论墙内墙外,人们更敏捷了,动作都加快了,发出的声响更轻微了,而且都加设了望风放哨的人,能够早于鬼子兵的到来发出警报信号。

"野火烧不尽，春风吹又生。"饥饿也是一种动力，饥饿者勇敢无畏！在人类最原始的求生欲望面前，没有什么恫吓可以叫人却步。

"地下黑市"禁而不止，看守当局既恼火又怵头。本来，他们可以采取更严厉的措施，进行更严厉的管控，彻底阻断集中营与当地老百姓的交易通道，无奈集中营的面积太大围墙太长，墙内的侨民和墙外的老百姓太多，而他们的兵力却远远不够，所以，按下葫芦浮起瓢，根本招架不过来；本来，他们也可以向上司报告，要求增派兵力驰援，无奈战争经年，日军的兵力早已不足以应付过长的战线，上司哪里还有兵可派？想来想去，只有一个办法可行，那就是在集中营的围墙外，距围墙几米远的地方增设两道电网！两道电网，双重保险，用这样的电网将集中营围个严严实实，通上220伏的电，就是野地里的小动物都钻不进来！

集中营里有一些单身的侨民，住的是楼房里层数稍高的集体大房间，从窗户望出去可以看到远处的农田和山岭，也可以看到集中营围墙外的情景。他们默默地看着日本人着急忙慌地架设电网，心里不禁暗暗叫苦：完了完了，这一来，中国的百姓们肯定是过不了电网了，"地下黑市"这回是真的完了！

他们却万万没有想到，连小动物都钻不进来的电网，潍县的乡民们也有办法破解。日本人不就是想用220伏的电来电我们吗？那我们就用木板斜搭在电网两边铺成"桥"，穿上绝缘的鞋，从"桥"上跨过电网！

真是"魔高一尺，道高一丈"！虽然难度陡增，危险陡增，日军的防线还是没有防得住普通百姓的脚步。高墙边，夜幕下，"地下黑市"不折不挠，依然在静悄悄中进行，一天又一天……

不料就在这时，意外发生了。一个16岁的孩子，在过电网时触电了。

这个孩子名叫韩祥，是集中营北边西上虞河村的人。韩祥年纪小，身手敏捷，所以就和他的几个伙伴一起，主动承担了踩木板过电网的活计。

漆黑的深夜，连天上的星星也很暗淡。等到大人们将木板在电网上搭好，就该韩祥他们出场了。都知道过电网危险，所以大家都很小心。去的时候总算一切顺利，他们一个一个，背着装满食物的大包袱，都安全地踩着木板跨过了电网；可是回来时，因为紧张，韩祥一脚踩空，碰上了电网，当场就被电死了。

悲剧发生了。然而更悲剧的是，由于通着电，乡亲们无法将韩祥的尸体从电网上取下来运回家。

看守当局对这个结果非常得意，他们就是不把韩祥的尸体从电网上取下，故意曝尸示众，让他在烈日下暴晒了好多天，晒得变了形。

韩祥的死，对侨民们震动极大。在那个看得见围墙外电网的房间，侨民们泪流满面，长久地站立在窗前，远远地望着少年乌黑变形的尸身不愿离开。

这个才16岁的少年，他是为我们而死的啊！

可亲可敬的潍县百姓，他们是付出了生命的代价在帮助我们！

为了不让悲剧重演，侨民们迅速达成了共识：宁愿饿肚子甚至饿死，也不能让潍县老百姓再遭受不幸，丧失生命。自此，他们主动终止了所有"地下黑市"交易。从此，侨民们生存越发艰难了。

忍饥挨饿固然痛苦，然而这还不是侨民们的唯一苦痛。

在潍县，集中营就是一个"孤岛"，一个被高墙和铁丝网完全隔绝的"孤岛"。自从被遣送进入集中营，侨民们与外界的所有联系都被切断了。日军的消息封锁使得他们一下都成了"聋子"，除了偶然能看到日军在北平印刷的、专门用以宣传日军"大捷"的"假报纸"之外，再也看不到其他报纸，听不到任何广播，也没能从任何渠道获得哪怕一丁点的真实讯息了。

他们不知道欧洲和太平洋战场的时局究竟怎么样了，是同盟国军队得势呢，还是德意日法西斯占上风？也不知道中国的抗战形势如何，日本军队还是那么猖獗吗？中国军队还有可能转败为胜吗？更不知道这仗还要打多久，5年，10年，或者长久打下去没有尽头？

而这些无法得知的消息，恰恰又是同他们每个人的命运息息相关的，他们不知道自己还要在集中营里被囚禁多久？是不是要在这里被关押到死？是否还有活着走出去的那一天？

焦虑，忐忑，烦乱，绝望……这种精神上的折磨和煎熬，比饥饿，甚至比死亡的威胁更让他们难以忍受。他们比任何时候都渴望突破消息封锁、改变"聋子"状态，比任何人都渴望了解外头的战争形势和时局。

就在这样的时候，上天给他们送来了一个人——潍县农民张兴泰。

与日军在中国其他地方设立的集中营一样，潍县集中营也是一座秘密的集中营，看守当局从一开始就有严令：除了特殊情况，禁止中国人进入。这个"除了特殊情况"是什

来自李家庄的清洁工张兴泰

第三章 / 苦岁寒夜，暖流悄然涌动　111

么意思？就是说，也不是一刀切的。偌大一个集中营，长年累月的，少不了有人来干修修补补的木匠活、泥水活；特别是两千来号人吃喝拉撒，他们的粪便得有人清理运走。这些苦力活都是侨民干不了、日本人自己不愿干的，除了找当地老百姓来做，没有别的办法。

运粪工张兴泰父子、木匠刘腾云、刘蜀云等几个人就这样被挑选到了集中营做苦力。他们干活的时候，会有日本人严密监视。看守当局有言在先：不许他们同任何侨民接触、说话。

只要有老百姓进来，那就好办。侨民自治管理委员会主要负责人德位思博士产生了一个想法，想在这些百姓中找一人做秘密传信人，帮助传递信息。

经过一番比较，他选中了运粪工张兴泰。

关于张兴泰，潍县集中营的侨民们私下里有很多传说，甚至在走出集中营之后的几十年里，仍然有关于他的各种版本的传奇故事在演绎。一种说法是，他曾经去过离潍县县城30多公里外的共产党抗日根据地，有可能参加过共产党抗日武装队伍；还有一种说法比较夸张，说他是"乔装成打扫茅房的苦力"的重庆国民党方面的"间谍"。

实际上，故事只是故事，演绎只是演绎，张兴泰却只是一个老实巴交的农民而已。他家住在集中营东边一公里左右的李家庄村，一家六口人靠耕种四分河滩地过日子。地少而且地薄，养活不了全家，张兴泰只好到县城打工赚钱，长年为乐道院清运粪便和垃圾。乐道院被日本人变为集中营之后，一下关进来一两千人，每天产生的粪便和垃圾比过去多了好多倍，不及时运出去可不行。看守当局对张兴泰进行了严格调查，查明他既不识字又不会外语，只会埋头干活，便同意让他重操旧业，带着儿子张锡武一起来干这份脏活。后来活多两个人忙不过来，张兴泰又找来了老乡刘相增一起干。

张兴泰的大儿子张锡武

德位思早年在潍县广文大学当校长时就认识张兴泰，那时就对他的敦厚善良印象很深。自治管理委员会另一位负责人基格（雷震远）神父听说了德位思的想法，自告奋勇去与张兴泰碰面。他在集中营里兼有"卫生巡查队队长"一职，"关注"一下运粪工的工作说得过去。于是趁着男厕所没人，日本看守也盯得不紧的时候，他"偶遇"了张兴泰。

听到德位思与基格的嘱咐，张兴泰开始时也不是没有犹豫。在集中营干了这么久的活，又看过那么多怕人的悲剧，他

第三章 / 苦岁寒夜，暖流悄然涌动

当然知道这事的危险性，一旦事情败露，让日本人发现，老命肯定保不住。可他是老实人，知道德位思他们是相信他、信任他，他不能叫相信他的人失望；他也知道集中营里的外国朋友们很苦很难，他不会在别人有难时不理不睬。

蒙上被子翻来覆去想了一夜之后，第二天，他在看见基格时，用力地向他点了一下头。

像张兴泰这样一个目不识丁、看上去笨笨的老农民，竟然也会成为侨民们的秘密信使、"地下交通员"，这是日本看守当局断然没有料到的。实际上，张兴泰看上去笨，其实还是很机灵很有计谋的，他想了很多办法传递密信，从来没有失手过。

当年所用的粪桶与运粪车

起初，办法很简单，只要将密信打成很小的小包揣在怀里，把表情和动作放自然些，便可以安全地带进带出。

很快，他觉得日本人开始起疑心了，进出大门时盘问多了，扫过来的眼光也

张兴泰使用的运粪车式样

变得警觉了,便赶紧改变方法,将密信粘在毛驴拉的粪车的粪桶底下,或者装到一个密封的小锡盒里,沉入粪桶的粪便里。日本人怕脏怕臭,一般对粪桶查得少。

再接下去,日本人察觉情况不对,加强搜查,找遍粪车不说,连粪桶里的粪水都要拿木棍去搅个不停,查看是否藏了东西。他只好要求把密信写在最薄的绵纸上,然后他会将其团成极小的小团,塞到自己鼻孔里带进带出……

这些带进集中营里来的密信,他会按照与基格约定的时间地点,放在厕所或者阴沟的某个角落,让基格取走;基格要他带出去的密信,也会用这样的方式交到他手中。

这些密信,送去营外的基本上都是反映集中营的状况。带进营内的则基本上是战争时局消息,有关于欧洲与北非战场的——

"轴心国军队停止在北非的抵抗";

"意大利向盟军投降,对德宣战";

"斯大林格勒会战苏军全歼德第六集团军";

"美军击落山本五十六座机,击毙山本";

……

也有关于中国抗日战场的——

"冈村宁次指挥'扫荡'太岳,杀害5000中国人";

"中日军队交火,打响常德会战";

"日军发动豫湘桂战役";

"八路军解放山东崮口地区";

……

密信非常简约,像是发报的电文,传达的战时消息对于集中营里的人们却特别重要。能直接看到密信的只有德位思、基格等几个人,收到消息后他们会用小纸条或口信的方式转告给更多人,然后这些消息会继续扩散,一传十,十传百,在全集中营的侨民中不胫而走,人们将之称为"流言"。

"流言"虽为流言,在流传过程中难免走样,却对粉碎日本看守当局的"孤岛"策略、冲破他们的消息封锁起了重大作用。从此,尽管依然身陷囹圄,侨民们却不再是"聋子"。

除了少数几个人，大多数侨民并不知道那些"流言"究竟是如何进入戒备森严的集中营的。他们猜想，是不是有人从外边获得了一部电台或者收音机？可是看守当局查得这么严，像电台或收音机这样的大家伙怎么进得来？哪怕是拆散了偷带进来，那些元器件、金属件日本人用仪器一扫马上就会发现啊！

有人幽默地说："也许那部电台或收音机的零部件是用木头或者竹子做的，日本人用最先进的仪器都查不出来！"

集中营的侨民中，有幽默感的人自然不少。他们不但赞同这样的"猜想"，而且心领神会，给那部看不见摸不着的"电台"起了个名字，叫"竹制电台"。

这个"竹制电台"的故事于是成为一段传奇和佳话，一直流传到集中营解放，甚至流传到70多年之后依然没被人忘记。

战争中的"孤岛"，什么都缺。作为自治管理委员会的负责人，德位思博士还有一件十分担忧的事：集中营的医药问题。

说是医药问题，其实"医"字还算能解决。侨民中医生护士不少，有的还具备相当高的技术，一般情况下给侨民们看病治病没有问题；还有乐道院里那些被日本人破坏的医疗设备，经侨民们修复拼装，用来医治小病小痛也能对付。担心的是那个"药"字——药品严重匮乏！

据被安排到药房工作的侨民说，他们那里的常用药差不多已见底,无奈之下,他们只好缩减每一位病人的用药剂量,缩减到一半或三分之一,比如说本来正常有效的剂量是一片药,他们却只给一半甚至只给三分之一。用药剂量如此不足,除了能给病人一点心理安慰之外,其疗效实在是难以预料。

药品匮缺并不是后来才出现的问题,自从集中营设立之后一直都是如此。不过那时同盟国各国偶尔会通过瑞士总领馆给自己的侨民发点"抚慰金",自治管理委员会可以从中提成一小部分,再委托瑞士总领馆从当地药店买些常用药送进来。如今随着时局的变化和战争的持续,侨民们收到的"抚慰金"先是越来越少,最后竟然变成了零。没有了"抚慰金",也就没了买药的钱。

冒险帮助过集中营侨民的广文中学校长黄乐德

钱(Money),钱(Money)!集中营的侨民们急需一笔钱。急需有人伸出援手,为侨民们弄到这样一笔救命钱。

德位思把他在潍县认识的人一个一个想了一遍,谁能帮这个忙呢?他想到了黄乐德。

黄乐德是寿光黄家庄村人,乐道院被日本人占领前是这里广文中学的校长。他是德位思培养的门生,当年在广文大学读书时,德位思是他的校长。德位思非常信任自己的这位学生。这位山东汉子为人正直,办事牢靠,而且会想办法,交际面也广,这件重要而又困难的事只有交给他办,才有可能做到。

还是老办法:写信,让张兴泰带出去。不过与往常电文式的密信不同,这次要说的话多,好多事情要吩咐,信写得有点长。信写好了,德位思避开人多的时候悄悄来到张兴泰干活的厕所,亲自叮咛了一番,才把信交给了他。

听了德位思的叮咛,张兴泰知道这封信非常重要。信太大,鼻孔里藏不了了,只能粘在拉粪车的粪桶底下。可是现如今进出集中营大门时日本看守搜查得更严更仔细了,别说拉粪车和赶车人了,就连拉车的毛驴也要摸上一摸、搜上一搜了。怎样才能避开这次检查呢?张兴泰想了个法子。

集中营靠近大门处是一段斜坡路,他赶着拉粪车慢慢走近。在平日,他这时会让驴车走得慢些,以免粪车里的粪水溅出来,然后在门口停下来接受搜查。这天,他采取的是相反的做法,远远地看见日本看守刚把门打开,就往毛驴身上悄悄狠捅了一下,让它加快速度跑了起来。

斜坡路上跑驴车,粪车颠簸着,速度越来越快,加上他这天故意没给粪桶盖上盖,桶里的粪水立刻晃荡不停,带着恶臭的粪水像雨点一样四处飞溅。那两个看守大门的日本兵正要过来搜查，马上就被恶臭和粪水吓住了，生怕肮脏的粪水会溅他们一身，赶忙捂着鼻子向张兴泰拼命摆手，让他的粪车赶快出门，不要停留。密信安全躲过了搜查，送到了黄乐德手中。

德位思被关进集中营后，黄乐德还是第一次收到他的来信。在信中，德位思向黄乐德叙说了集中营内侨民们的生存境况，希望黄乐德能帮助筹款以使侨民们渡过难关。

读着恩师的来信，黄乐德非常震惊，他没想到集中营里的境况会如此恶劣，也为德位思和其他侨民们的命运感到担忧。他掏出钱包，打开抽屉，倾其所有，把家里的钱都拿了出来，凑成2000元伪币交给张兴泰，请他设法先带给德位思应急，还让他带去口信，说一定会遵照恩师的嘱托，想方设法筹集更多的救助款。

从那天起，他开始为筹款奔波。先是在潍县城内，向自己的亲朋好友和认识的人募捐，还到教会请求教友们伸出援助之手。凭着他的威望，让大家慷慨解囊自然没有问题，只是在那个特殊的岁月，大家的日子都非常困苦，基本没钱，即便全都抖搂出来合在一起也没有多少。

黄乐德没有气馁。他想，县城人少难筹太多的钱，那就把范围放大，扩大到周边的寿光，扩大到昌乐，那里亲戚、朋友也不少！他问儿子黄安慰："你愿意跟我一起走一趟吗？"黄安慰说："从潍县到寿光再到昌乐，合起来有100多里地呢，路也不好走，太累了。要不，您自己就别去了，您可以写一封信给我带着，我一个人去就行了。"黄乐德摇头说："累点没什么，我还是去吧，我亲自去也许能多募些钱。"

父子俩带上干粮与水，一起出发了。他们先去寿光，然后再到昌乐。他们走过大路也穿过小路，翻山越岭，涉水而行，一路上风尘仆仆。

黄乐德校长的儿子黄安慰

望着远道而来的黄家父子，亲戚朋友们都很感动，都愿意捐钱帮忙。问题是他们也都不富裕，兜里没有几个铜板，几天时间一个大圈走过来，把潍县周围的好多乡镇、村庄都走了一遍，却成效甚微，募到的钱离黄乐德的预想还差得很远。

想到恩师和外国友人们正在集中营里受难，自己却无能为力帮不了他们，黄乐德很是郁闷。身边的人都安慰他说："这不能怪你，你已经尽了大力气了，实在是乡亲们太穷了。"黄乐德却不愿作罢，他还是继续奔走，继续想办法、找门路，千方百计要把钱募足。功夫不负有心人，经过一番奔忙，他总算达到了自己预想的目标——总共筹到了30多万元伪币的善款，折

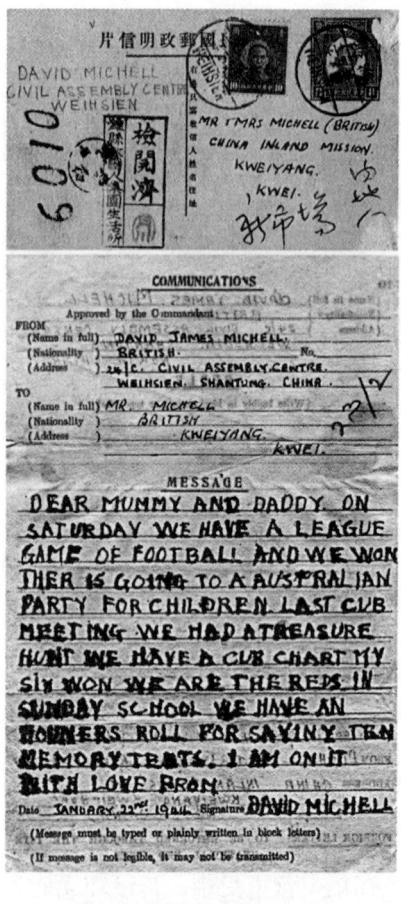

经日军严格检查后再通过
红十字会转送的侨民信件

合成10万余美元。

筹募善款难，运送善款也不易。根据德位思博士在密信中的嘱咐，这些钱须送到青岛交给瑞士领事馆，再由瑞士领事馆转交国际红十字会购买侨民们急需的常用药和营养品，以国际红十字会的名义送进集中营——因为集中营当局只允许中立国瑞士和国际红十字会不定期地提供物资。

黄乐德并不认识瑞士领事馆的人，就请潍县天主教堂的张神父帮助联系。张神父也是一个热心人，黄乐德在筹款过程中时常找他商量，每募集到一定数量的善款都会及时告诉他。张神父很有办法，很快就与青岛那边接上头，商定了交接善款的时间、地点。为保险起见，30多万元伪币要分成三次运送。

从潍县到青岛说远不远，说近也不近，路上不但要跨越荒僻的山林和乡野，还要经过日伪控制区，通过日伪军设的关卡。黄乐德与儿子商量："这个风险差使，由谁承担好呢？"

黄安慰明白父亲的意思，说："我去吧。"女儿黄瑞云听说了也来请缨："我也去！"

黄乐德看看儿子又看看女儿，说："你们两个，一个太俊一个太俏，穿着也太齐整干净。兵荒马乱的，你们这个样子到处走，日本人见了能不怀疑，能不查你？"

黄安慰早有准备，拿出几件破旧衣裳换上，拿了一顶破草帽戴上，还抓了一把灰土往衣裤上胡乱一抹，问妹妹："你看我现在像什么人？"

黄瑞云说："像是逃荒的、要饭的。"黄安慰说："那你还不赶紧打扮打扮？"黄瑞云道："你以为我没准备？"说着也拿出旧衣服换上，也用灰土蹭脏衣服，还用脏手抹了一把脸，原本俊俏的脸蛋立刻变得脏兮兮了。

黄乐德笑了："这年头，也只有要饭的才通行无阻！"这才把藏了钱币的破袋子交给兄妹俩，送他们出了门。一边走还一边不住叮咛："这些钱都是用来救命的，你们千万要小心。"

黄安慰和黄瑞云都说："放心吧，我们会小心的，一定会把钱一分不少地送到青岛。"他们果真说到做到，一趟接着一趟，小心避开日伪军的注意，神不知鬼不觉地把善款如数送到青岛，交到了瑞士外交官艾格的手中。在这一趟又一趟艰险的旅途中，他们究竟吃了多少苦，受了多少累，大概只有他们自己才知道。

艾格是瑞士驻上海总领馆特派驻山东的代表，是一位很善良很有责任心的女性，曾多次到潍县集中营看望过被关押的侨民，十分同情侨民们的处境。在收到善款后，她和她的助手们联手国际红十字会迅速行动，很快就采购了一批"救命"的药品和营养品送进集中营。

中国有个成语叫"雪中送炭"。为了保密，德位思博士在很长时间里一直没有透露在集中营最寒冷的时候送"炭"来的人是谁，但集中营的侨民们一直在心底感念着这些给他们送来温暖的人。

——他们一定是最善良的人。

——一定是最有情有义的人。

第四章 / 生死逃亡

　　1943年11月28日至12月1日，美国总统富兰克林·D.罗斯福、英国首相温斯顿·丘吉尔和苏联部长会议主席约瑟夫·斯大林在德黑兰举行会议。会议的主要议题是在西欧开辟"第二战场"。斯大林同意配合即将到来的西线战役同步进行东线进攻……

　　　　　　　　　　　　——据《不列颠百科全书》

　　号外：
　　盟军今日早晨在法国诺曼底的瑟堡－勒阿弗尔地区登陆；大反攻正在进行中。
　　美国、英国、加拿大军队在海、空部队支援下登陆。战役由艾森豪威尔总指挥，蒙哥马利指挥地面登陆部队。纳粹说，他们的突击部队还在与我们的伞兵作战。

　　　　　——美国《纽约时报》，1943年6月6日上午6时战争时局瞬息万变。正当潍县集中营的侨民们在高墙内苦苦煎熬的时候,在千万里之外,国际形势正在发生巨大变化。

1943年11月22日,美、英、中三国首脑在开罗举行会议并发表《开罗宣言》,宣示了协同对日作战的宗旨,并对战后如何处置日本侵略者提前作出了安排;仅仅一个多月后,苏、美、英三国首脑又在德黑兰举行会议,就开辟欧洲大陆第二战场、东西方配合对德作战以消灭德军的计划达成了协议。

种种迹象表明,德、日法西斯的覆灭已成趋势,它们的末日已经为期不远。

听闻着从"竹制电台"不时传来的"流言",集中营里的侨民们不用说有多兴奋了。如同在茫茫黑夜里见到了天边的亮光,谁都盼望苦难的日子早点结束。可是,兴奋归兴奋,在兴奋的同时,人们心中的担忧却越来越多、越来越重。原来,他们也听到了另外的消息,说日军在面临失败的时候,将会进行疯狂报复,很可能对集中营里的侨民下毒手,杀害被囚禁的侨民。

这种坏消息,自然不是空穴来风。看看德国纳粹在奥斯维辛、萨克森豪森等集中营的暴行,看看日本侵略军在南京大屠杀时的暴行,就知道法西斯狗急跳墙时会有多残忍,他们是任何丧尽人性、丧尽天良的事都会干出来的。

如果这一天真的到来，集中营里在押的1500多位被囚禁者，包括那些天真活泼的儿童少年，都将在劫难逃，无一幸免！

这些稚气的儿童少年，他们都刚刚踏上人生的路，有的甚至刚刚降临人世，如今却马上要被夺去生命，结束人生！想到这些，人们的心都在滴血。

不行，不能就这样束手被杀！从自治管理委员会的负责人到普通的侨民，大家都在想同一个问题：必须马上把潍县集中营的情况告诉英、美等国在重庆的大使馆，请求盟国军队派兵解救集中营侨民，至少，抢在日军举起屠刀之前对集中营侨民采取有力的保护措施。

正是基于这样的想法，一个大胆的"脱逃计划"在狄兰、基格（雷震远）和汉奎特等几位思想活跃者中间开始酝酿。

英国人狄兰这时35岁。在海军当过报务员的他向来不安分，来集中营前那次未遂的"逃跑"一直让他耿耿于怀；来集中营后，这个逃

"脱逃计划"策划人之一：雷震远

跑的念头依然在脑子里不时地冒泡。他趁医院周围的场地上人多的时候，和基格一起在这里散步，边溜达边谈论脱逃的可能性，一谈就是好几个钟头。他们都觉得，别看集中营现在又是高墙又是电网，仔细找找还是有隙可钻，逃出一两个人是可以做到的，关键是首先得知道集中营周边这些地方的局势，明白往哪个方向逃合适，脱逃之后投奔谁。而现在，他们对潍县和周边地区的形势实在是知之不多，不够了解。

潍县集中营东边的高墙

基格当过蒋介石的顾问，年龄也不大，此时也就39岁。他想到自己所认识的一位法国牧师就住在30公里之外，应该对潍县周边的政情比较了解，就写信向他询问，就自己的想法征询他的意见。

与以往一样，基格也是通过秘密通道发的信。为了增加保密度，这封信是用拉丁文写的。在收到信之后，那位法国牧师朋友倒是给基格写来了回信，但他在回信中断然否定了基格他们的打算。牧师朋友说，潍县周边乃至山东的政情异常复杂，各种力量纵横交错，既有抗日的共产党队伍和国民党武装在活动，也有数不清的日伪军、汉奸队伍盘踞在这里，各种势力的地盘很不固定，时常会变来变去；还有一些半伪化的武装，连立场和忠诚度都无法认定，像墙头草一般忽而靠向这边忽而又靠向那边。所以，谁要是试图出逃到这么一个复杂之地，定然属于一种"愚蠢的行为"。

"真是一封令人极其沮丧的回信。"狄兰和基格都说。可他们对法国牧师所说的话还是半信半疑，没有全信。"大概是不想被卷入我们的计划，给自己惹事吧。"——他们这样揣摩牧师写这封回信时的心理。

恰好在这时，他们获得了一个准确了解潍县周边态势的机会。

集中营的周边

　　为了把潍县集中营变成一个真正封闭的"孤岛",不再让运粪工之类的老百姓进入集中营内,集中营当局打算在营内安装一套排污管道系统,为此他们雇用了五六十个中国苦力进到集中营里挖沟埋管。看守当局对这些老百姓的监视自然很严,派了很多看守盯着,可是毕竟干活的人太多,盯不过来,基格、狄兰他们仍然能找到机会与老百姓说话,问自己想知道的情况。

情况一下就明晰了，明晰得可以画出一张兵力分布图来：在集中营四围，大约30公里方圆的范围是伪军控制的地盘，就是这些伪军把集中营死死地围在了中间；在离集中营东南方8公里的坊子镇，有日军的大型据点，集中营周围的伪军就是由驻扎在这里的日军统辖的；而在伪军控制区之外，那些更大的区域，则是各种抗日武装的游击区和那些半伪化地方武装的地盘。其中的抗日武装主要是两支队伍，一支是西北方向的共产党队伍，一支是西南方向的地方游击队。

除了告知周边态势，苦力们还告诉了基格他们一个秘密，说是在他们中间，就有一位苦力曾经参加过西北方向的那支共产党队伍，在那里干过一段时间。

这个消息，让基格他们非常高兴。本来，在听到这个消息前，在他们的脱逃计划里，他们是想逃往西南边的，理由很简单：潍县南边是山地，适合打游击，抗日队伍通常会借助山地之利在这种地方生存，如果逃往南边容易得到接应。现在有了新消息，他们的主意变了：如果能得到这位苦力的帮助，逃往西北边是否更容易成功？

狄兰和基格又在一起不停地"散步"了。一圈一圈地溜达，一圈一圈地商量；比较各种利弊，也设想各种可能性。说来说去都只有一句话：究竟是去西南边，还是去西北边？

对于狄兰来说，他自然是倾向于选择西北边的。入集中营前决定逃出北平城时,他就想投奔西山的共产党队伍,进而投奔延安的,只可惜没有成功。是否现在老天又给了他一个重拾夙愿的机会?

基格是一个很善于与人打交道的人,他一番迂回寻觅,没用多少时间就找到了那位"参加过共产党队伍"的苦力,再一番推心置腹地劝说,就拉拢他加入了脱逃计划。这位苦力答应帮他们与西北边的队伍取得联系,以便在他们出逃时策应他们。

既然如此,就没有什么必要再犹豫了,就往西北边去吧。狄兰和基格都在心里头琢磨起了出去后的事。狄兰想,到时候还穿现在这身洋装出去太显眼了,得换一套与当地老乡一样的服装才好。趁着木匠刘腾云进集中营干活,狄兰偷偷靠近他,问他能不能帮自己做一套潍县当地样式的衣裤。

刘腾云进营里干活已有一段时间,与狄兰已不陌生,他对狄兰说:"现在外头布料太贵了,你不如找床多余的床单给我,我帮你染个色,再做成褂子、裤子不好吗?"

狄兰高兴地照办,给了他一条床单。刘腾云将之带出去染成黑色,又让家里人帮忙,动手做成衣裤,然后穿在自己的衣服外边带进了集中营。

集中营这边在准备,集中营西北方30公里外,那里的人们也在商量。从那里反馈过来的承诺是:他们也做好了策应的准备，一旦高墙内的脱逃计划付诸实施，他们会全力以赴确保成功。

然而，临阵生变。就在出逃时间越来越近的时候，作为脱逃计划的关键人物之一，那位苦力却缩脚后退了。也许是因为胆小怕事，也许是因为家里的人、周边的人给了他太大的压力，总而言之他缩脚后退了，任凭基格和狄兰怎么劝说，他都没有再答应像原来那样，与基格他们一起冒险。

"脱逃小组"成员汉奎特神父

线索断了，计划搁浅了。最懊恼的是狄兰，他很沮丧：分明是快要到手的机会，老天爷怎么又给收回去了？

西北边的路不通了，只好把目光转回到西南方。这时，汉奎特也带来了一个消息：他结识了另外一位苦力，经过再三努力，这位苦力被说动，同意带他们往南面出逃。汉奎特是比利时人，山西洪洞县天主教堂神父，是三个人中最年轻的一位，才30岁。

狄兰、基格、汉奎特三人再次作出一份新的脱逃计划，而且还画了一张集中营附近乡村的地形图。在这份新的脱逃计划中，那位苦力将会带上他的一位朋友来接应脱逃者，接头地点就定在集中营西南面将近一公里外的一个小村庄的东墙外。

新的计划经过一次次修改，越来越详尽。最终的约定是这样的：在潍县集中营和西南面这个村庄之间，有一条乡村小道，脱逃日当天的黄昏时刻，那两个中国人将会在这条乡村小道上不快不慢地走过。这是平安无事、一切正常的信号，如果看到这样的信号，天黑下来以后，出逃者便可以赶到小村庄的东墙外与他俩会合。

汉奎特与他的难友们

又一次行动开始了。晚饭之后,狄兰他们去了原来广文中学教学楼的钟楼那里,远远地盯着田野之上、那条横躺在集中营和小村庄之间的乡村小道,满怀希望地等待那两个朋友在这条小路上出现,沿着小路上不紧不慢地往前走……

可是没人出现。小路静悄悄的,一直没有那两个人的身影。太阳渐渐下山了,黄昏渐渐到来了,夜幕渐渐降临了,不知为什么,那两个朋友始终没有出现。不用说,又一个计划落空了,脱逃计划再一次失败。

接连的失败,接连的打击,让狄兰几个都非常失望,跌落在沮丧的情绪里久久难以振作,连见面的时候都不愿再谈论脱逃的事。他们知道,集中营埋设排污管道的活计已经接近尾声,一旦这个工程完成,所有中国老百姓都将被禁止进入集中营,再想逃跑就彻底不可能了。

高墙外的田野里,三五成群的农民们正耕耘着农田,播种着夏禾,身后还跟着成群的小鸟,叽叽喳喳地飞来飞去。远处飘着炊烟的小村庄边,树梢已经染绿,野花也开得斑斓。每每路过教学楼二楼的窗口,望着仅有一墙之隔的自由天地,他们唯有叹气和心烦。

这种心绪一连持续了好几个星期,直到有一天,他们突然收到了活动在昌邑一带的一支抗日武装队伍写来的信函……

抗日战争时期,山东境内出现了好些民间抗日武装。一般地说，这些抗日武装都是由"国军"退役军人和农民组成的，虽然打着"鲁苏战区挺进第四纵队"的旗号，但从成员比例上看，占绝大多数的还是原本扛锄头的当地农民。

农民们之所以要参加抗日武装，动机非常纯粹，就是为了守卫在自己土地上耕作收获的权利，保护自己的家人、家业免遭日本人的荼毒。他们明白，一旦他们的家园落入日军之手，庄稼就会从他们手中被夺走，家中的猪牛将被牵到日军据点杀掉，他们的骡马将被征入日军参战，年轻的男子将被抓去做劳工，甚至妻女们也难以安身。从这点上说，他们用拿锄头的手拿起大刀长枪，是在为自己而战。老百姓们习惯于把这种队伍称作"游击队"。

潍县集中营的侨民们所收到的，就是这么一支抗日游击队的来函。

来函是中文的，而且是用毛笔书写的。信的开头，首先谴责了日本帝国主义的罪行，表达了对所有"被难"的外国侨民的同情："轴心强盗，破坏世界秩序，敝国同胞首当其冲。战祸漫长，牺牲惨烈，中外史迹，无与伦比！倭寇不度德，不量力，竟敢与贵国为敌，致使阁下遭逢大难，剥夺人身自由，想阁下地狱生活，必极残酷也……"

接着又以战场消息宽慰所有人："现盟军于太平洋、于东南亚、于中国大陆，反攻均极得手，应请阁下释念。"

然后，宣布了一个令人振奋的好消息，说："敝部目下可能解放阁下脱出虎口！"

随这封中文信一起传进来的还有一封用英文写的信，写信的人是游击队指定的"接洽人"——昌邑饮马镇杨家楼村一位妇女杨瑞兰和她的丈夫王绍文。据王绍文在信中自我介绍，他在"一战"时曾是英国远征军华工军团的一等译员，是几个月前与杨瑞兰一起刚来昌邑的。

王绍文在信中叙述了游击队的计划，说是等到高粱长高时，游击队将会前来攻打集中营，消灭掉全部日本看守，将侨民们先送去重庆，再送回各个国家。当然，从潍县到重庆，沿途都是日军占领区，这么多人要从陆路前往是很困难的，所以游击队要求侨民这边要设法与英美大使馆取得联系，请他们派飞机把侨民接走。

接到了这两封信，侨民们是又喜又忧。

喜的是踏破铁鞋觅"救星"，他们终于跟当地的抗日游击队接上了头，而且从来信可以看得出，游击队居然对外国侨民的事非常上心，很有意想不到的热情；忧的是游击队提出的这个计划虽然大胆，却实在不可行。他们没有想到，集中营此时所关押的1500多位侨民中，妇女儿童和老弱病残占了很大比例，行动起来是很不方便的，要是他们用这种硬攻的方法攻打集中营，侨民的伤亡人数一定不会少，后果不堪设想。

经过非常慎重的考虑，侨民自治管理委员会给游击队写了一封回信，一边对游击队的关心和安排表示衷心的感谢，一边也诉说了集中营被拘押人员的实际情况，非常婉转地否定了他们的解救计划。

但是游击队那边就像没收到自治管理委员会回信似的，还是不断传密信过来，反复说明攻打集中营的计划，甚至踌躇满志地说，游击队现在驻扎在昌邑一带的兵力很多，攻打集中营救出侨民"实乃易如反掌"。

这期间，游击队那头其实发生了很大变化。原先的游击队司令在日军的一次扫荡行动中被俘并被送往青岛关押，他的职位改由副司令接替了。不过新上任的司令依然对攻打集中营的计划感兴趣。从外边传来的消息表明，他们已在所控制的地盘内开始动工修建可供大飞机起落的土跑道，现在万事俱备只欠东风，只要高粱长到最高的高度，形成密匝匝的青纱帐，战斗就可以打响了。

田野里，高粱正在拔节。"月亮门"里，德位思等自治管理委员会的一些负责人很是着急，应该用什么办法说服抗日游击队又不伤他们的好心和热情呢？

同样是不赞成游击队的硬攻计划，狄兰和基格却不着急，反而在心里暗暗高兴。他们对大家说：我们花了那么大的力气，尽了那么大的努力苦苦寻求，现在终于与抗日游击队联系上了,这是好事,天大的好事,这条路决不能轻易中断。我们应该动动脑筋,想想办法,利用这个难得的机会,把那个不切实际的计划变为一个对我们有利的、更切实的计划。他们的意见得到多数人的赞同,加之基格本身就是自治管理委员会的负责人之一,在集中营里有很高的信任度,自治管理委员会于是一致决定,就把这件事交给他俩去办。

狄兰和基格所说的"更切实的计划",说白了便是重启原先那个脱逃计划。斟酌了一下,他们给王绍文写了一封试探信。

信上说:"游击队的解救计划对集中营的侨民们而言极为重要,为了保证万无一失,需要双方坐下来,十分仔细地筹划一下。可是以目前你我之间这种危险的秘密通信方式,实在很难做到这一点。为此,我们打算先派出两位侨民代表,到游击队司令部与贵方当面详谈……"

先派代表到游击队当面详谈,王绍文也认为这个主意好。他给狄兰和基格回信说:"此事可以酌加安排。"还说,他会马上回到驻地转告游击队司令,请侨民们静候佳音。

静候佳音!狄兰他们可静不下来了。不等游击队那边的正式回答返回,他们就已经开始忙碌,紧锣密鼓地做准备了。

做准备,首先要敲定的事是:究竟由谁执行越墙脱逃的任务?

这个问题，原本不是一个问题。从脱逃计划酝酿之初起，狄兰和基格在大伙心目中一直就是越墙脱逃的理想人选。选择狄兰，自然是因为他有灵活的头脑、健壮的身体和当过英国海军报务员的经历；而选择基格，则是因为他当过蒋介石的顾问，出去后便于跟在重庆的国民政府联系。除此之外，两人还有一个共同的长处，就是中文都说得很溜，出去以后不会有语言障碍。

没想到紧锣密鼓中，不巧碰上了一个杀出来的"程咬金"。

这个"程咬金"，就是美籍神父卢瑟福。他原是一位方济各会神父，被羁押到潍县集中营后，集中营仍然保持有宗教团体活动，他就成了基格的"上司"。这一天，他有事到基格住处找基格，正好看见基格在往出逃时要带走的背包里装各种东西。卢瑟福一下子明白了基格要干什么，就发出了严厉的警告，不许他逃离集中营，说日本人会因为基格的出逃而对集中营里的所有神职人员进行报复，这将危及所有神职人员的安全。

听到这个消息，狄兰和汉奎特都找了卢瑟福为基格求情，说基格出逃不是为了他自己，而是为了集中营里的所有侨民。但卢瑟福听不进去，他显然有点"自私"，唯一想到的是怎样保护神职人员。不但不让基格出逃，并且还预先堵死了另一条路，说汉奎特也不能出逃。

劝说无效，看来只能换人了。狄兰他们想想，这也好。脱逃计划成功之后，还会有大量善后工作要做，那时候，看守当局必定恼怒，会大力进行追查，对侨民采取严厉措施，基格是自治管理委员会的负责人之一，他留下来不走，正好可以把善后的担子挑起来。

那么，换人，换谁呢？考虑到逃出集中营后需要马上与在重庆的美国大使馆或总领馆联系，基格和狄兰都认为出逃者里最好能有一个美国人。他们掰着手指想来想去，不约而同地想到了美国小伙子恒安石。

狄兰、雷震远、恒安石（后排左至右）等在集中营解放后与当地人士合影

对于恒安石，狄兰是比较了解的。在被日本人押送到潍县之前，狄兰曾策划过逃离北平，那个出逃团队里就有恒安石。恒安石比狄兰小11岁，出生于山西汾阳县一个汉学世家，他的父亲恒慕义是美国的汉学家，在中国传过教，回美后曾担任美国国会图书馆东方部主任，他编撰的《清代名人传略》是西方人研究清史和中国近代史的必读书。恒安石8岁时随父回美国读书，1939年又不顾家人反对返回战乱中的中国。那次返华，他本来是想去汾阳寻找一位幼年同伴小姑娘的，不料这位小姑娘已与同学结伴投奔了延安。寻访落空，又回不了美国，他只好先在北平谋职，当上了辅仁大学男附中的英文教师。

恒安石血气方刚，他不甘心就这么成为日军的俘虏，在被押送来潍县的途中就一直想找机会逃脱，到集中营后也曾与几个难友一起尝试过挖掘地道逃跑，却由于日军看守严密和挖掘的地洞被大雨冲垮而未成。现在听狄兰和他商量，要他一起担当脱逃任务，自然十分高兴，二话没说就应允下来了。

除了换人，脱逃小组的其他人员也增加了几个。他们是汤米·韦德和他的一个小团队，他们将要承担的任务是协助狄兰和恒安石越过高墙和电网。

"脱逃小组"部分成员恒安石（左二）、狄兰（左四）、雷震远（右三）、霍伊楚（右一）与当地人士张兴泰（左三）、刘腾云（右二）等在集中营解放后留影

汤米人高马大，有两米来高，是狄兰在英美烟草公司工作时的同事。狄兰之所以要找他做护送工作，既是信任，也是看上了他的身高条件。他和他的小团队曾经是集中营内"地下黑市"活动中的活跃分子，因而对集中营各处情况非常熟悉，狄兰向他讲述了脱逃计划，问道："你看从哪里翻越墙头最合适？"

汤米没有马上回答，而是到高墙附近重新察看了一遍，这才给出答案："就从西墙中段那个没装探照灯的小岗楼上出去！"

这真是一个够大胆的想法。那个小岗楼虽说不是主要的岗楼，毕竟也是日本兵值守的地方呀，看守都是荷枪实弹的，要想从他们眼皮底下翻墙，能成吗？

汤米这样解释自己的理由，说集中营的高墙到了这个地方有一段是往里凹进的，设在集中营西北角碉堡上的探照灯照不到这里，只有西南角岗楼上的探照灯还能

高墙边，安有机枪和探照灯的碉堡

照到。但这也不要紧，每天晚上9点看守都会换班，按照惯例，交班的看守走了之后，接班的看守会先离开岗楼，用10分钟的时间在附近这片巷子里巡逻检查一遍，清理一下那些被风刮到电网上的树枝杂物。最为难得的是，为了防止日军自己触电，电网这时会断电10分钟。把握好这个时机，在10分钟内完成翻越高墙和电网，就有可能成功出逃。

10分钟翻越高墙和电网！狄兰问恒安石："你说10分钟够

吗?"恒安石想了想说:"够!"狄兰说:"那就定这儿了。"

地点定了,行动的时间呢?脱逃小组的成员们一致认为,行动的时间应该符合一个前提条件,那就是在狄兰和恒安石翻过高墙之前天上没有月亮,这样不易被日本人发现;而等到他们逃出高墙之后,最好能有明月升起,这样可以帮助他们认清方向和道路。

推算了一下,6月里能符合这个条件的日子,大概只有9日与10日。

那就定6月9日或者10日吧,脱逃小组全票赞成。正好这时游击队通过王绍文传来正式答复,对侨民代表的出逃计划表示欢迎,脱逃小组于是再次请王绍文转达游击队,建议把行动时间定在6月9日或10日的晚上9点至12点之间;而出逃的侨民代表与游击队派来接应的人的会合地点,定在距集中营东北方向一公里多的刘家墓地。

1944年6月6日,这是世界反法西斯战争史上一个伟大的日子。这天早晨,同盟国军队以排山倒海之势跨越英吉利海峡,在法国诺曼底抢滩登陆,成功开辟了欧洲大陆第二战场。德国法西斯在欧洲战场的失利,标志着世界反法西斯战争进入了一个新的阶段。

而此时,在遥远的东方,在潍县集中营这座战时牢狱里,也有一群西方人正在激动和焦虑中等待一次即将到来的跨越,一次同样了不起的跨越。

6月9日,也就是诺曼底战役打响后的第3天,他们的等待终于有了结果。根据与游击队的约定,筹划已久的脱逃计划终于要在这天夜里付诸实施。届时,游击队会派出一支身穿便衣的小分队,在约定的地点迎候狄兰与恒安石,护送他们到抗日游击队驻地。

当日的白天,狄兰与恒安石把将要脱逃的消息分别通知了各自的室友。这都是事先定好的,只有这时才可以把消息告诉室友。两人还同室友们商量了后续事宜:第二天早晨点名时,大家先尽量将他俩失踪的情况蒙混过去,拖延到快中午时再向日本看守报告;而当看守当局追究此事时,大家则要一致表示不知情,事先并不知道他们要脱逃的消息。

很快到了晚上8点,天已经黑下来了。

率先出场的是汤米和他的小团队。他们来到集中营西墙附近,或佯装散步或佯装聊天,偷偷地监视着看守们的动静。半小时后,恒安石和穿上了中式褂子、裤子的狄兰也趁着夜色来到西墙根会合。

晚上9点,日本看守准时换岗。交班的看守把枪交给接班的看守后顺着梯子爬下小岗楼走了。按惯常做法,新接班的这位也该爬下岗楼巡逻去了,可这时不知为什么,这位看守在上头磨磨蹭蹭的,就是不下来。狄兰、恒安石还有汤米他们只好心急火燎地等着。

好不容易等到这位看守也下了岗楼，背着枪走了，电网也断电了，汤米却发现不远处一栋房子前，有两个人正面对岗楼坐在那里。也不知道他们是谁，为什么坐在那里，为了防止出现意外，脱逃小组不敢贸然行动，只好再等。

此时此刻，时间显得特别宝贵。只有10分钟，一共只有10分钟啊！偏偏这时，分工跟风放哨的人捎来口信，说他们跟丢了那个去巡逻的看守，不知他去了哪儿，更不知他会不会突然返回岗楼。大家的心一下都吊到了嗓子眼上：不能再等下去了！

好在不远处坐着的那两个人起身走了，狄兰和恒安石顾不得多想，一个箭步冲了出去，嗖嗖几下就登上了岗楼，然后跳到墙顶上，攀着墙头顺着墙体往下滑。直到双脚轻轻接触到一堆随便堆放的砖头，他们才意识到自己已到了集中营的墙外了。

在他们的后边，汤米身背两个人的背包，手提一条板凳，也从墙头下来了。他立在电网边上，让狄兰和恒安石一个一个踩着板凳上到他的肩膀，再从他的肩膀上起跳，越过电网。慌乱中，狄兰觉得脚下有点不对劲，仔细一看，才发现自己踩的不是汤米的肩膀，而是他的光头。眼见得两人都顺利地出去了，汤米将背包扔给他们，这才踩着板凳又爬回了墙上。

狄兰和恒安石继续往前跑，冲向大约50米开外的一堆坟头,躲在坟头后面,一边观察高墙那边的动静,一边略作歇息。他们听见四周都很安静,除了虫鸣别无其他异响,再看小岗楼上有微弱的火光一明一灭,知道是日本看守在抽烟。

他们由此判断,日本看守还没有发现他们的出逃,便背起背包向北奔跑,冲过一片麦地和一片翻耕过的农田,再跌跌撞撞地跨过田沟地垄和坑坑洼洼的土路,一直跑到一条小河边。他们知道,这条河叫虞河,是流经集中营北部的一条河,他们在地图上见到过。

月亮正在慢慢升起,远处刘家墓地里那团黑乎乎的树林都能看见了。两人蹚过小河继续再跑,等到跑到墓园的墙边,月光已是非常明亮,把荒废的墓地和小路照得清清楚楚。他们沿着小路来到墓地的西南角,看见有人握着手枪从墙根后的阴影里出来,问他们是谁。

"朋友。"他们用中国话回答。

那人靠近他们仔细看了看,高兴地招呼自己的伙伴们过来:"是他们,就是他们!"马上,从墙根后的阴影里又出来四人,每个人都是当地农民打扮,穿着一身黑色褂子、裤子,拿着枪。他们向狄兰和恒安石聚拢过来,热情地与他俩握手。其中一人还展开了几面白布做的三角小旗子,上面用英语写着:"欢迎英美代表!万岁!万岁!万岁!"

会合之后,游击队小分队护送着他们继续行路。其中有一人作为尖兵走在前方约50米处,有一人在后边约50米处殿后,其余人就走在他们身边担任护卫。一路上经过了好几个村庄,有的村庄是贴着村边绕行过去的,也有的村庄是从村街上穿过去的。途中,只要一听到前面的尖兵发出警告信号,大家就要赶紧躲进树丛隐蔽起来,或者在杂草里就地卧倒。

走走停停,走了约20公里路,天刚放亮的时候,他们到了一个村子,在那里睡了几个钟头。早上8点醒来后,再次出发。这一次,所有人都改骑上自行车前行。狄兰和恒安石还被化了装,戴上了当地小商小贩走街串巷卖东西时常戴的草帽,远看有点像小商贩。为了掩饰他们西方人的大鼻子,每个人还戴上了一副深色墨镜。

一行人就这么蹬着自行车拼命赶路。在横穿烟台—潍县公路时,他们还看到了一辆满载着日军士兵的卡车开过来。车开得很慢,车上士兵的目光都在往公路两侧不断来回扫射,好像在搜寻什么人。幸亏小分队警惕性高,早早地躲开他们隐蔽起来了,总算有惊无险,没被发现。

下午4点半,小分队护送筋疲力尽的恒安石和狄兰来到了一个有着高大土围墙的大村庄,经过一座简易木吊桥,穿过高大的木门进了村。这里便是抗日游击队的一处驻地了,叫明村镇小河子村。

至此,狄兰和恒安石的脱逃行动终于可以宣告成功。

点名

发现狄兰和恒安石"失踪"了,集中营的日本看守当局十分震怒。

他们下令所有侨民,不管大人、小孩,立刻到广场上集合点名。即使是重病号和抱在手里的婴儿,也不许留在屋子里。

在朝向广场的楼房窗口,已经架起了几挺机枪。怒目圆睁的日本看守们,更是把手中的三八大盖的枪口一齐对准了黑压压的人群。高墙、电网加上刺刀、子弹竟然没能阻止两个手无寸铁的囚徒出逃,这回他们真的是恼了,火了。

点名进行了一遍又一遍,比任何时候都严厉。不过再严厉又有何用?点来点去都不会再有那两个"失踪"的人了。确确实实,他们是越过高墙逃走了!

但看守当局的指挥官拒绝接受既成事实,他几乎是号叫着训话说，就是掘地三尺，他也一定要把两个逃犯抓到，对他们加以严惩！

狄兰的室友与恒安石的室友共10多个人首当其冲，被最先弄到"黑屋子"里分别关押，禁闭起来了。看守当局对他们一个一个过堂，进行审问，试图从他们身上打开缺口，找到线索。每个人都被问到一大串同样的问题：你知道他们逃哪儿去了？现在会躲在哪里？还有谁参与了这次逃跑？有谁跟他们一伙……

对于这些问题，室友们的回答都差不多："那天熄灯的时候，明明看见他也在自己的床上躺着呢，真没发现是什么时候走的。"或者："我那天睡得早，可能也比他先睡着……"至于其他那些问题，就只能是"不知道""真的不知道"了。看守当局白花了几天时间，白费了很多心思，到头来什么线索都没有找到。

与此同时，在集中营外，日军也撒开了大网进行追捕，连宪兵队也出动了。他们挨家挨户，把全城可疑的住宅房屋里里外外都搜了个遍，连猪圈、鸡舍、柴火垛都没放过。

日本人认为，集中营守卫得这么严，一般闲人根本进不来，现在出了事，那几个有机会出入集中营的穷苦力一定脱不了干系，于是扣下掏粪工张兴泰和他的大儿子张锡武进行拷问，说："这件事你们事先一定知道。"

张兴泰和张锡武分辩说："怎么可能呢，我们是本分的农民，字也不认得，就知道干体力活。"

日本兵不信他们的话，却又拿不出什么证据，就拿枪逼着他们说："那你们带路，带我们到他们藏身的地方找找！"

张锡武怕父亲受折磨，"自告奋勇"说："我带你们去！"张锡武就在牵着狼狗端着枪的日本兵的押解下，到集中营附近的坟地、高粱地、玉米地里绕着圈一遍遍地找，自然是什么都没找到。

日本人就很生气，说张锡武是骗他们耍他们，要把他带走关押起来。张兴泰不让，死死拉着儿子不松手，日本兵就一枪托子把他打倒在地，还要用刺刀捅他。

张锡武担心父亲，自己也不免心里害怕，却仍然没有向日本兵吐露一个字。他是记住了父亲的吩咐："咱们就是死也不能暴露这件事。一旦暴露出去，咱一家人死了不要紧，那一庄子人也全完了！"

原广文中学校长黄乐德也是日军的怀疑对象。可等他们去抓黄乐德时，黄乐德已从家里躲出去了。日本兵抓住他的儿子黄安慰问："黄乐德哪里去了？"黄安慰说："不知道。"日本兵怒了，抡起手就扇了他一个大巴掌，还叫大狼狗龇着利牙来扑他。黄安慰很受惊，他事后向父亲诉说当时的情景，黄乐德却很淡然，说："没让日本人把小命拿走，我们都算幸运的了。"

看守当局连同宪兵队搜查闹腾了好多天,连狄兰和恒安石的毫毛都没有找到一根,就很下不了台。为了挽回脸面,也为了糊弄其上级,他们编造了一条假新闻,说从潍县集中营逃跑的囚犯一共有9人,他们已经抓回了7人。这条"新闻",居然还在潍县当地报纸上公开刊登了。只是自此之后,看守当局对侨民们的监视更加严厉了,每天又多了一次点名不说,每次点名的时间也更长了。

话分两头说。就在潍县这边被闹得鸡飞狗跳的时候,在远处的游击队驻地,游击队也在紧张地备战。有消息说,游击区四周的日军正在集结,有可能对游击队进行扫荡以追捕狄兰、恒安石两人。为了安全,两人不止一次地从一个村子被转移到另一个村子,最后被悄悄安排到昌邑大章村一个姓夏的人家住下。

夏家在大章村是个本分人家,全家共四口人——夫妻俩和两个10多岁的女儿。他们腾出了最大的一间房让

狄兰逃出集中营后的照片

外国客人住，房子里有一铺大炕，两个客人就睡在这铺炕上。狄兰与恒安石白天都不出门，到了晚上才有游击队的人进进出出。

夏家人待外国客人很好，知道外国人爱干净，两个小女儿就天天到村外山坡上拾草捡柴火，让母亲用大锅给他们烧水洗澡。母亲叮嘱两个女儿：出去少说话，别把家里有客人的事同任何人说。姐妹俩很懂事，果真没向外透露半个字。狄兰和恒安石在夏家住了差不多3个月，村里人居然都不知道。

在这段时间里，狄兰和恒安石做了两件很要紧的事：一是成功劝说游击队取消了攻打集中营的冒险计划；二是给英美大使馆写了一封重要信函。

信是用从集中营里随身带出来的打字机在很薄的白丝绸上打的，那些白丝绸其实是他们让人买来的丝绸手绢。为了便于打字，要先用很稀的糨糊把手绢粘在厚纸上，打完字后再将厚纸揭掉。

在这封信中，他们先是紧急报告了同盟国侨民在潍县集中营所面临的生存危

恒安石逃出集中营后的照片

机,尤其是严重缺乏食物、急需医药物品的情况,请求在重庆的盟国使领馆提供可能的救助;接着又以更严重的口气,阐述了侨民们对自己下一步可能遭遇到的命运的担忧,指出:当日军面临最后失败的时候,他们很可能会把集中营里的侨民们转移到日本做人质,对抗盟军对日本的轰炸;也可能做出疯狂报复行动,大规模地集体屠杀所有侨民。他们代表所有侨民提请盟国、盟军还有在重庆的盟国使领馆注意,希望他们认识到采取一切预先措施的必要性,以期在将来出现不测的情况时,能够确保侨民们的安全。

信写好后,游击队派了一位副官陪同王绍文送往重庆。他们不太信任王绍文,因为他原先不是游击队的人,而且有抽大烟的恶习,所以就派了副官陪同。副官把这封打在白丝绸手绢上的信缝进了一双新鞋的一层层纳成的厚鞋底内。

去往重庆的路途遥远,还要避开日军占领区。两个人又是徒步,又是骑驴子、乘骡车,一直走了将近3个月才抵达重庆,把信件送到了英、美使馆。

1944年12月,一个大雪纷飞的夜晚。在昌邑南区,抗日游击队的人们听到天上响起一阵飞机的轰鸣声。"日本人的飞机来了,赶快隐蔽!"像往日一样,大家立即做出反应,采取了防空措施,可是一想这事又很费解:不对呀,日本飞机要来空袭,大白天来就行了,我们又不能拿它怎么样,为什么要半夜来？莫非……

没等大家想明白是怎么回事，飞机声却慢慢地小了，飞机在天上转了一圈之后走了。过了一会儿，轰鸣声又传了过来，自远而近，响彻南区上空。人们突然明白了：这不是日本人的飞机，一定是美军的飞机，盟军的飞机！起先那一次是它在探路、观察地形，现在它又循着这条航线飞过来了。

人们这次猜对了，确实是一架美国飞机，是英、美驻重庆的各个机构和红十字会向"飞虎队"陈纳德将军借来的一架B-24轰炸机。飞机满载紧急救援物资，下午4点半从成都起飞，经西安、济南飞往渤海湾，在那里找到潍河跟胶莱河入海口后向南直飞了30公里，总共用了6个半小时才到达昌邑上空。

飞机在游击队驻地附近准确地空投了10个大包裹，其中有几个是药品和食物，有几个是钞票，还有两个是电台和自动发电机。在药品当中，包括大量最新的磺胺类药物。除了电台和发电机是给游击队的，其他都是给集中营的侨民的。

飞机还空投下了两个人——去重庆送信的副官和王绍文。他们带回了美、英方面给恒安石和狄兰的指示：继续留在抗日游击队，充当集中营内的侨民与外界的联络人。

这以后，恒安石和狄兰就一直跟随游击队在集中营周边活动，沟通集中营与外界的联系，直到迎来胜利的日子。

罗伯斯特是瑞士驻青岛的领事官。这个体重120磅、表情呆板、沉默不语的人，无论从外表还是气质上看都不像是一个外交官。事实上，他原本真不是一个外交官，据那些在青岛就认识他的侨民说，他以前曾经是一个小商人，一个小进口商。

一切都是战争闹的。"二战"期间，当其他国家将平民征召加入军队时，瑞士从平民中征招的却是外交官，这也使得罗伯斯特有机会改变了身份。不仅是罗伯斯特，这样的例子在别处也有，如瑞士驻北平的助理领事杜瓦尔，原本是燕京大学的历史学教授，也是因为战时需要，虽然很受人尊敬但组织纪律性很差的他，也成了一名外交官。

瑞士是永久中立国，只有瑞士驻青岛的领事才被允许进入潍县集中营。这个"特权"让罗伯斯特觉得肩上的压力好大，连睡觉都得留意不知何时会突然响起的电话铃声。

12月的这天深夜，他刚刚进入梦乡，就被一阵电话铃声惊醒了。仔细一听，不是电话铃声，是门铃。领事馆的用人告诉他，有人想要见他。

在办公室，他见到了来人，是一个当地农民模样的中国人。中国人开门见山地对他说，他希望只跟他一个人说话，屋子里不要有其他人。罗伯斯特知道他是不相信那些用人，点点头答应，让用人们都出去了。但他不知道来人是谁，要干什么，心里不免紧张，悄悄拿了根拐杖放在身边。

来人表明了自己的身份，说自己从山里抗日游击队来，是趁着天黑摸进城里的。他告诉罗伯斯特："一天前，有美国飞机从西部飞来，给游击队空投了一些包裹，其中有一些是药品和食品。包裹里还附了一封信，指定这些药品和食品是给潍县集中营侨民的。特别是那些药品，都是市面上买不到的，也是侨民们所急需的救命药。"

来人还说，明天夜里，游击队的四个人会在凌晨两点准时到领事馆，把这些药品交给他。届时，他只能一个人偷偷接手这些东西，不能告诉其他人。

"那我怎么把这些药品送进集中营呢？"罗伯斯特问。

"这个由你自己决定，"来人说，"我们都相信你一定会有办法的。"

来人走了，罗伯斯特再也睡不着了。他有点茫然，不知所措，也有点担心。很显然，这件事不但有风险，也很棘手。与那些日本人斗智斗勇，在他们眼皮底下瞒天过海，不会是一件轻松、有把握的事。他起身倒了点酒喝下，才让自己平静下来。

第二天夜里两点，门铃准时响了。罗伯斯特让用人回避后，亲自打开了大门。四个游击队员也是当地农民打扮，一声不响地走进来，每个人的肩上都扛着一个很大的木箱。罗伯斯特让他们把箱子堆放在自己的办公室里，然后打开领事馆的保险库将四个人从那儿悄悄送了出去。

他回到办公室仔细查看这四大箱药品,很多都是市面上买不到的,甚至还有最新的磺胺类药品!对于集中营来说,这是极其宝贵的;可日本领事警务办公室会说,你们是从哪里得到这些东西的?他们只允许瑞士领事馆从市面上买药给集中营里的侨民,而瑞士领事馆带进集中营的任何物品都必须先经过他们同意。罗伯斯特不知道下一步该怎么办,该怎样说服青岛的日本人批准这些东西。他一屁股坐在一个木箱上,一坐就是3个小时,几乎陷入了绝望。

就在这3个小时里,他的脑子里像过电影一样,忽而跳到青岛,跳到那个日本领事警务办公室,忽而又跳到潍县,跳到集中营的日本看守当局。突然,像一道闪电闪过,他脑子里一亮,发现了一个"玄机"。他注意到了两个日本官方机构的不同——一个在青岛,另一个在潍县,中间相隔了160多公里!他的计划就此开始酝酿。

第二天早上,罗伯斯特告诉秘书,马上打印一份可以在青岛买到的药品清单。初步估算,有20种到30种。他告诉她,最重要的是,要在每项药品之间空4行。

秘书有些疑惑,不知为什么要这么做。可她还是服从命令,打了一份长达4页的清单。

日本军国主义铁蹄下的潍县西方侨民集中营

罗伯斯特带着这份清单，跑到日本领事警务办公室要求批准。看着清单上的空行，日本官员有些吃惊，不解地看着罗伯斯特，仿佛在问：你这是搞什么鬼？罗伯斯特假装看不见他的表情，若无其事地哼着小曲，注视着窗外，心里却在打鼓：这位官员会不会从这些空行中察觉出什么不对头的地方？如果他问我为什么会有那么多空行，我怎么回答才好？

也许就是他的若无其事消除了日本人的疑虑，也许是这位日本官员压根儿也没想到这些空行可以用来做什么，他带着疑惑再次看了看罗伯斯特，又看了看清单，最终还是把手伸进抽屉，拿出了印章，"啪"一声盖在了清单上。

罗伯斯特高兴地回到领事馆，让秘书用相同的打字机在清单的空行里打上木箱里的各种药品，再在箱子里混装一些可以在青岛买到的药品。不用说，听到他的命令，女秘书惊讶得下巴都快要掉下来了。

翌日，罗伯斯特搭乘早班火车到了潍县，又雇了辆马车把四箱药品运到集中营门口。对照着清单查看着他带来的药品，集中营的日本人也有些困惑：这么难弄的药品，是从哪里弄到的？难道说，是从日本运来的？可他从来不怀疑青岛那个日本领事警务办公室的印章，只要有这个印章，那就是没问题的。

核对完毕，集中营的大门徐徐打开，拉着药品箱子的马车在欢快的马蹄声中走进集中营。

当罗伯斯特将药品和清单亲手交给集中营里的囚犯医生们时，这些囚犯医生们激动得眼泪都要出来了。他们知道，这一下，好多正面临死亡威胁的难友又有生的希望了。

据统计，从1943年3月至1945年8月，潍县集中营里共有32条新生命出生，28人死亡。这样的死亡率，与其他地方的日军集中营相比是比较低的。

应该说，在这个较低的死亡率后面，是不知多少仁者义者的不屈努力！

第五章 / 英雄和他们的交响

> 人们在被命运眷宠的时候，勇、怯、强、弱、智、愚、贤、不肖，都看不出什么分别来；可是一旦为幸运所抛弃，开始涉历惊涛骇浪的时候，就好像有一把有力的大扇子，把他们扇开了，柔弱无用的都被扇去，有毅力、有操守的却会卓立不动。
>
> ——莎士比亚《特洛伊罗斯与克瑞西达》

> 每个人从出生到死亡，虽然都像是站在同一条跑道上，但每个人所做的事又是不同的，因此，生命的意义也便有所不同。
>
> ——1924年巴黎奥运会400米短跑冠军埃里克·利迪尔

从1943年3月至1945年8月，潍县集中营存在了900多天。对于集中营的侨民来说，这900多天就是他们生命中最黑暗的日子。面对闪着寒光的枪口和刺刀，面对极其恶劣的生存环境，每一个人都在生死线上挣扎。

挣扎的不仅是肉体，还有灵魂。因为在这样的黑暗中，灵魂最容易迷失，人性最容易扭曲。

毋庸讳言，并不是所有被关押者都能守住自己的人性不受扭曲、不被畸变。当各种自私、利己行为在黑暗中趁机冒头的时候，显露的便是人性中丑恶的一面。

然而，漫漫长夜，自有星光闪烁。同样是在高墙之内，同样是失去了人身自由的囚徒，有的人却能坚守着自己无私的品格和顽强的意志不受侵蚀。他们不屈服，不悲观，不向命运低头；他们想别人多，想自己少，身处逆境仍然不忘用爱心的光芒照亮别人，帮助他们前行。

900多个艰难的日子，感动过侨民们的名字不在少数。其中，令人最难忘记的是这么两位：86岁高龄的赫士博士与奥运会冠军埃里克·利迪尔。

1943年，赫士博士因为拒绝同侵华日军合作而遭到逮捕，被关进了潍县集中营。

这位在中国工作、生活过62个年头的美籍博士，是这个集中营里最年迈的囚犯。与他同时被拘押的,还有他的夫人麦吉士和儿子赫约翰。

赫士博士在中国非常有名。他拥有天文学、法学、汉学、神学四个博士学位不说,还是一位中国的进士。他的这个进士名号,是清朝光绪皇帝亲赐的,时称"美国进士"。赫士博士显然很中意这个名号,他在光绪年间出版的《天文初阶》一书,便以"美国进士赫士著"来署名。他会十多种语言,精通汉语,所著书籍均用汉语文言文书写。

"美国进士"赫士博士

赫士博士对于中国教育,特别是现代高等教育事业的发展贡献很大。他是中国第一所现代大学——登州文会馆的第二任校长(首任校长为文会馆的创始人狄考文博士)。在登州文会馆,他将西洋学术与中国文化相结合,开设了中国历史、四书五经、数学、天文学、物理学、化学、心理学、伦理学、神学、哲学等课程,每门课程他均能熟练讲授,可谓全才。登州文会馆后来与另一所学校合并为广文大学,再后来又迁往济南改名为齐鲁大学,可以说,赫士博士是齐鲁大学的重要奠基人之一。

1901年，慈禧太后下诏变法，颁谕各省兴办大学。赫士博士应山东巡抚袁世凯邀请，带着13名中国教习和3名美国教习到济南创办山东大学堂，被委任为总教习。山东大学堂是全国第一所省立大学，也是继京师大学堂之后的中国第二所公立的新式大学，开山之举步步维艰，他沿袭文会馆的规章制度、教学计划，沿用文会馆现成的教材和教学仪器，只用一个月即迅速开课，为创办中国第一所省立大学作出了积极贡献。为此，他受到清廷褒奖，并受命替清廷制定全国的教育规划及规章制度。

赫士博士一生学术成果斐然，编译了大量科学专著，除《天文初阶》外，还有《对数表》《天文学论》《热学揭要》《声学揭要》《光学揭要》《是非学（逻辑）体要》等，其中许多成果被公认为开创了中国现代自然科学的先河。

此外，他还利用美华印书馆赠给文会馆的印刷机，创办了山东首家中文报纸《时报》。

如此不凡的学问，如此显赫的成就，也许一般人都会认为：赫士定然是含着金钥匙出生，家庭背景非同一般吧？事实正好相反，他的幼年是在贫困中度过的。

他出生于美国宾夕法尼亚州一个农民家庭，9岁时父亲参加南北战争牺牲，全靠母亲和姨妈在家教他和哥哥读书。他自幼聪颖好学，只上过一年小学及两年中学就考上了大学。与他同年考上大学的，还有他的哥哥，由于家境贫寒，家里只供得起一人读大学，兄弟俩只好以抽签决定命运。结果是赫士有幸，抽到了"入学"之签，这才一步一步走向精彩。

正是由于这个原因，他对生活在社会底层的老百姓有着天然的感情，时时处处想着他们。1895年1月8日甲午海战，日本军舰炮轰登州，登州百姓面临生灵涂炭的危险，他无所畏惧地挺身而出，在炮火中乘坐小舢板登上日舰，竭尽全力阻止日军炮击，保护了蓬莱城内人民的生命财产。

赫士博士被关进潍县集中营后，曾有过一次重新获得自由的机会。在国际红十字会的主持下，美日两国达成了一个交换部分平民俘虏的协议，在美方提出的交换名单上就有赫士博士的名字。

重新获得自由，重新见到自由的蓝天，重新呼吸自由的空气，对于身陷牢笼的侨民来说，这是一个多么令人向往、难得的机会啊！

但是，赫士博士毅然决然地选择了放弃，选择了牺牲。

他说："我年纪已大，又有心脏病和糖尿病，还是把生还的机会让给年轻人吧，他们出去比我有用。再说，我为中国服务的任务还没有完成，我还是要留下来为中国的教育事业再做一点事。"

1944年，就在日本投降的前一年，这位可敬的老人在集中营里病逝，终年87岁。

赫士博士的高风亮节感动了集中营里所有的侨民。

在远离故乡的中华土地，他用63年时间播撒了爱的种子；在生死考验的紧要关头，他以自己的选择彰显了人格的力量。

与美国一样，英国也与日本达成了交换部分平民俘虏的协议。

在英国开列的交换名单上，埃里克·利迪尔排在第一位。因为他不仅是1924年巴黎奥运会的400米赛跑冠军，而且还是英国民众心目中的奥运英雄。

埃里克与中国很有缘分，他是在天津出生的，中文名字叫李爱锐。他的父母都是苏格兰人，父亲是伦敦会派到中国的传教士，母亲是一位护士。他的孩提时代是随同父亲母亲，还有比他大16个月的哥哥、比他小21个月的妹妹一起在华北一个叫肖张（今河北省衡水市枣强县肖张镇）的地方度过的。

那时候的肖张是交通不便的穷乡僻壤，从北京到那里有300多公里，需要忍受4天难熬的旅程。肖张的生活条件也很差，一家人挤住在一间不大的小屋里，酷暑天时热得就像住在烤炉里。可小小年纪不知苦滋味，埃里克和他的哥哥妹妹在那里玩得很开心。

**埃里克·利迪尔与他的父母、哥哥、妹妹
拍摄于1908年**

1907年，埃里克5岁时，他和哥哥罗伯特·利迪尔一起，被父母送回到苏格兰老家读书。这是兄弟俩第一次回到英国。在那里，他们先是就读于爱尔生书院，尔后又先后升入爱丁堡大学，哥哥罗伯特修习医学，埃里克修的是理工学位。不论是在小学、中学还是大学，埃里克的学习成绩一直很好，尤其是让他着迷的数学和化学这两门课，一直保持着全年级第一名的

第五章 / 英雄和他们的交响　169

好成绩。

而在课堂之外,他更是表现出杰出的体育天赋。在爱尔生书院的年度运动会上,他和哥哥罗伯特曾经包揽了越野赛跑、跳远、跳高、100米赛跑、200米赛跑、跨栏6个田径项目的第一、第二名,正好是每人获得三个第一名、三个第二名,把学校运动会"变成了利迪尔家的竞赛一样"。为此,爱尔生书院后来还特地给埃里克颁了个"布莱克西斯杯全能运动员奖"。

不过,真正让埃里克开始田径运动生涯的是爱丁堡大学的1921年运动会。就在这次运动会的100米赛跑中,他要与上一届的冠军斯图尔特一决高下。

斯图尔特很希望在这个项目中再拿一次冠军,他是一位老将,不但是大学里最好的短跑选手,而且被看好能成为全苏格兰的冠军。相比之下,埃里克初出茅庐,还是无名小卒,只不过是在同学们的劝说下过来玩个票而已,所以他很放松,完全没有压力。

在当天的预赛中,埃里克没跑过斯图尔特,落后于他几英寸,跑了个第二名。可在决赛时两人调了个个儿,埃里克领先一两英寸触到了终点线,以10.4秒的成绩赢了斯图尔特的10.6秒,夺得了冠军。

这次较量成了苏格兰体育史上的一个传奇、一段佳话,也让埃里克有了一个"苏格兰飞人"的外号。自此以后,作为一颗田径新星,他越来越多地被安排参加各种100米、200米赛事,从爱丁堡运动会、大学联赛运动会,直至苏格兰业余运动员锦标赛和英格兰—爱尔兰—苏格兰三国国际联赛等,而且不断获得金牌、银牌。

埃里克在比赛中的跑姿与众不同,当他以惊人的速度向前飞跑时,总是下巴朝上,头向上仰,手臂在空中乱舞,膝盖几乎抬到胸膛那么高。这种难看的跑姿,曾被一些爱挑剔的评论家挖苦为"风度尽失",可他照跑无误,一直不能,也一直没有改变这种姿势。倒是这种"难看"的跑姿,给观众留下了特别深的印象,成了他独特的形象"专利"。

与众不同的跑姿,成了埃里克独特的形象"专利"

除了赛跑，埃里克还是一个很棒的橄榄球手。用他自己的话说，比起田径，他更喜欢橄榄球。早在爱尔生书院时他就是橄榄球队队长，以"飞快的四分卫右边锋"称号出名；在爱丁堡大学，他很快就被吸收到校队、市队和国家队，参加了各种国际比赛，成为一个国际橄榄球选手。

曾经有记者这么报道过他："埃里克·利迪尔不仅速度飞快，而且接球准确，因为如果（他的中锋）格雷西要快速传球，他传的球会像子弹一样，而埃里克·利迪尔接球从来没有失手过。这一对搭档无疑是苏格兰有史以来最快的边锋了。"

而观众们则愿意把他称作"得分机器"，因为凡是有他参加的橄榄球比赛一定是很好看的，他确实为自己所在的橄榄球队得分不少。

在评论界，埃里克有一个誉称，叫"双料的国际运动员"，意思是说他在橄榄球和田径方面都有了不起的建树。但是，也有人不希望他这么做，不希望他继续当橄榄球手，觉得他还是专心于短跑项目更有前途。这个人叫麦科查，后来成了埃里克的业余教练。他是经过仔细地观察后才这么说的。埃里克听从了他的劝说，从此退出橄榄球赛。麦科查则竭尽自己所能，自愿帮助埃里克进行认真的训练，却从来不求回报，不收取一分钱报酬。

1924年7月，第8届奥林匹克运动会要在法国巴黎举行，

比赛中的埃里克

埃里克经选拔成为英国参赛运动员。他的强项本来是100米、200米短跑,可是因为"信仰方面的原因",他无法参加100米决赛,不得不改跑200米和400米项目。

虽然都是短距离的赛跑,400米跑与100米、200米跑的区别还是很大的。作为一个短跑选手,如果他还像原来那样以全速来跑前面的200米,就不会有后劲,很可能在最后20米输掉。但如果他在一开始便放慢速度,保留太多,就没有希望在最后冲刺之前弥补落差。若想在速度和耐力之间保持最佳的平衡,就必须在跑表的那一声嘀嗒响起时迅速作出反应。通常在比赛时,成绩就取决于运动员对这0.1秒的滴答声的反应快慢程度。就是说,如何掌握400米赛跑的速度和策略,对埃里克来说不仅是新课题,还是大难题。

好在麦科查对埃里克很有信心,在训练方面也很有办法,在他的帮助下,埃里克付出加倍的汗水投入训练,很快就在速度和耐力之间找准了自己的平衡点。

令全球瞩目的时刻到来了。经过预赛、半决赛之后,埃里克进入了400米决赛。

随着"砰"的一声发令枪响,他就像脱弦之箭一样飞奔起来,很快居于领先位置。头200米,他完全是以短跑比赛的速度在跑,差不多是以22.2秒的好成绩跑了这段距离。这让场内很多有见识的观众都大摇脑袋,觉得这个速度快得有点可笑,不相信一个人能够以那样的速度跑完全程,预计他到达终点之前必定会垮掉。

但是令人们惊愕的是,埃里克不但没有垮掉,而且几乎是一直保持着这样的速度在做"全程冲刺"。他就是一匹"黑

埃里克获得奥运会400米跑的冠军,并打破了这个项目的世界纪录

马"，一匹横扫赛场的"黑马"，向上仰着头，双臂如风车般飞快转动，着了魔似的向终点冲去，竟然先于对手中的费奇、泰勒等世界冠军和世界纪录保持者5米多撞线夺冠。

正如一位目击者在《爱丁堡晚间快讯》上说的那样："我看过很多不同寻常的赛跑，见过其中世界级的胜利者，但还从来没有一场比赛中的获胜者，展示过像埃里克·利迪尔那样的力量和完全的信心。鸦雀无声的观众席上掀起了一阵惊呼声，在叫喊声稍微安静下来之后，扩音器里宣布，埃里克·利迪尔不仅获胜，而且还以47.6秒的成绩打破了世界纪录。"

"埃里克·利迪尔今天为英国夺取了400米赛跑金牌，而这也许是人们在田径跑道上看见过的最为戏剧性的一场赛跑。"更有记者报道说，"这场比赛就是一个人的比赛，正是利迪尔所设定的速度把其他人甩在身后……有了埃里克·利迪尔的赛跑，一切都变得微不足道了！"

埃里克夺冠的消息传到英国，英国沸腾了。"惊

1924年巴黎奥运会400米赛跑冠军埃里克·利迪尔

人的胜利！""动人的比赛！"这是报纸上的字眼。当他随着英国代表团从巴黎回到伦敦时，早有游行队伍等着他，来自苏格兰的同胞们还将他抬在肩上，一路簇拥着，送上开往爱丁堡的火车。而在爱丁堡火车站，人们也以同样的方式把他扛在肩上，又一次举行游行庆祝。

这年的7月，正好也是埃里克从爱丁堡大学毕业的日子。毕业典礼上，校长给他戴上了一项用橄榄枝做成的桂冠。苏格兰并不生长橄榄树，这些橄榄枝是获得特许，从爱丁堡皇家植物园采来的。校长还授予他一个用希腊文书写的卷轴，卷轴里写道：

大学毕业典礼上，埃里克被同学们抬了起来

母校传这冠冕在你手

奥运冠军，请你接受

当你戴着它的时候

上天绝不会皱眉头

埃里克·利迪尔的奥运奖牌

埃里克就这样成了人们心目中了不起的民族英雄，他的事迹被载入了英国体育运动的光荣史，他的名字甚至直到今日还在被人传颂。

1981年，英国导演休·赫德森曾以埃里克为原型人物，拍摄了电影《烈火战车》；这部影片以主人公感人至深的事迹获得了亿万观众的好评，于次年获得了第54届奥斯卡金像奖的最佳影片、最佳音乐、最佳剧本和最佳服装四个大奖——自然，这是后话。

奥运夺冠，对于埃里克来说只是他运动生涯中的第一步，

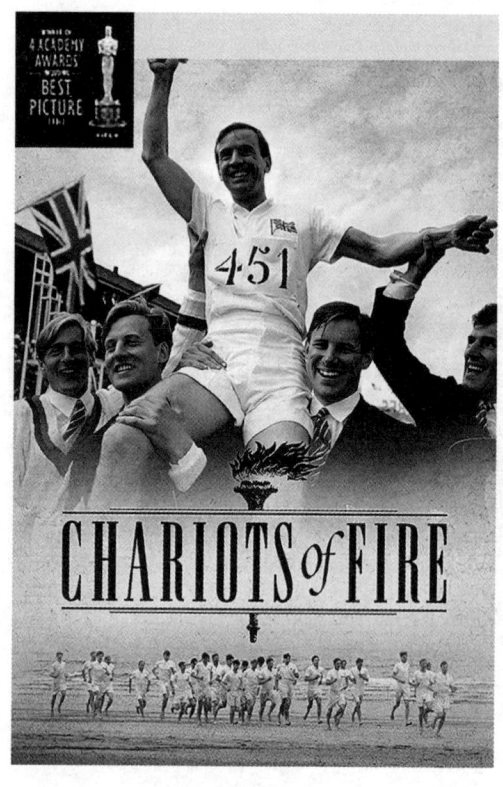

《烈火战车》海报

不管是体育界还是社会舆论都预言：展现在他眼前的还有更多的辉煌、更多的荣誉。可他没有迷恋这些辉煌和荣誉，也不留恋优厚的待遇和舒适的生活环境，一心要回到出生地中国天津去！

对于他的决定，有好多朋友觉得不解，规劝说："重新考虑一下吧，就这么离去，岂不可惜？"他回答道："我的意志已定，决不更改。我要到中国去，要到年轻人中间去，把我所学的知识毫无保留地献给那里。"

起程的日子临近了。在爱丁堡和苏格兰最大城市格拉斯哥，成百上千的人来参加为他举办的告别聚会。出发当天，校运动队的同学们更是别出心裁，一同拉着一辆用红、白、蓝色飘带装饰得很漂亮的马车，一路上歌唱着送他到火车站。这一天，格拉斯哥的一份报纸还特地刊登了一首诗歌为他送行：

他去中国跑另一个赛程

像奥林匹克一样勇往直前而且坚定

如果终点一时还难以知明

以他特有的速度，我们裁判他必胜

渤海之滨的天津，是给过埃里克幸福童年的地方；对这座城市，他有着特殊的感情。带着闪耀的荣誉光环，他回到这里，成了天津新学书院的一名中学教师。

天津新学书院的前身是创办于1864年的"养正学堂"，是天津最早由教会开办的学校，由中外资深教员任教，学校的董事如顾维钧、林语堂、张伯苓等均为社会贤达。学校在聘用教师时有着十分严格的标准和程序：应聘者先要经过学校的考试，写一份应聘决心书，然后到山东的贫困山村地区进行实习，归来后还要通过校方的答辩，并到北京燕京大学学习一年中文，这才可以正式登上讲台。

新学书院并没有因为埃里克是奥运冠军而加以照顾，他是严格按照招聘标准，走完整个流程才当上这个"教书匠"的。在应聘决心书上，他亲笔写道：

来自中国的召唤是如此的热切,我已经做了我终身的决定。我不图荣华富贵,我就是想帮助贫穷落后的中国人。

新学书院聘用了他,指派他教授数学、自然科学和体育课。入乡随俗,他让学生和同事们用他的中文名字李爱锐称呼他。

在学生们眼里,他们的李爱锐老师是一位难得的好老师。他对教学非常负责任,班里的学生哪怕只有一个还没能听懂他所讲的课程,他也会再讲一遍。他有个习惯,就是在下课后让大部分学生先走,自己却在教室里找个座位坐下,对学习上有困难的学生进行个别辅导。他也愿意听学生们对他的讲课提出意见,只要觉得学生说得有道理,他就会积极改进。有一次,一个学生上学时自行车坏了,迟到了几分钟,他二话没说,又将几分钟前所讲的课重复了一遍。

埃里克教化学课时特别重视做实验,恰好他又是个很有幽默感的人,所以会使用一点"小把戏"来增添学生们对化学实验的兴趣。有一次做吉布实验,几种化学液体混在一起加热后会产生恶臭气体,学生们都躲避不迭。他就用手指蘸了一点生成物在嘴里品尝了一下,也让一个学生照样试了一下。学生臭得直摇头皱眉,他却若无其事。这时他公开了秘密:原来他去蘸生成物时用的是食指，放到嘴里时换成了中指，因为动作快捷，谁也没看出破绽。学生们大笑，因为老师增加了这么一个逗乐的环节，他们对这节课记得特别深。

埃里克经常对学生们说："人生在世不容易，你必须得有一个专长，要对世界有所贡献，你才不白白地来到世上。"他用自己的言传身教，培养了一批德才兼备的人才。他的学生中有很多成了博士，如著名核能物理专家袁家骝就是他的学生。

新学书院在体育教育方面早就享有盛名，学校不但有中国最早的足球队，而且这里的篮球队、垒球队、棒球队、乒乓球队、网球队、排球队也曾多次参加国内外体育赛事。埃里克的到来更为之增加了动力，他担任了学校体育委员会的主席，统筹安排学校的所有体育活动。他要求学生体学并进，不但要学习好，身体也要强健，每个星期六下午，他会和男孩子们一起踢足球；他会用几个星期来计划和协调5月举行的校运会。他为当时的中国培养了很多著名的运动员，如"三铁"选手刘福英、全能跳高选手吴必显和被称为"铁门丁"的足球守门员丁煦春、前锋赵洪林等。

执教新学书院期间，他还应英租界工部局的邀请，参与了天津民园体育场的改造工程。他根据世界田径赛场的标准以及自己参加比赛的经验，以伦敦特拉福德桥运动场为蓝图，在跑道结构、灯光设备、看台层次等方面提出了很好的建议，把民园体育场做成了拥有一个标准的400米环形跑道和一个标准足球场的现代化运动场所，使得天津成了当时远东拥有最好运动跑道的城市。

他还担任过远东运动会的总指挥和中国奥林匹克代表团的总教练，为中国体育运动的发展作出了重大贡献。

在中国的头几年，埃里克也会不时地应邀参加一些运动会的比赛，与来访的国际选手交锋。他曾在1927年打破远东区100米、200米和400米的纪录；1928年在大连举行的国际运动会上获得200米和400米比赛的金牌；1929年在天津万国田径赛中击败500米世界纪录保持者、德国运动员奥托·费尔萨。

有趣的是1928年在大连的那次田径赛。那天的比赛得下午2点40分才能结束，而当天回天津的船下午3点便开，为了赶上这艘每周仅有一班的客船回去，不耽误给学生们上课，他事先预订了一辆计程车，让其开到赛场边等待，以便在比赛结束后马上送他赶去客运码头。已经算好从赛场开车到船边需要20分钟，时间上刚刚好。没想到当他跑完比赛，准备冲到计程车上时，乐队奏起了英国国歌。作为英国公民，他得要肃立，直到乐队奏完这首曲子。好不容易等到曲子奏完了，可以走了，法国国歌又奏响了，因为跑第二名的是个法国人。他只好再次像柱子一样肃立。

就这样，等他坐着计程车赶到码头边上时，轮船已经缓缓离岸。说时迟，那时快，他容不得多想，先是用力把行李抛向客轮的甲板，再是后退几步，用尽全身的力量腾空一跃，成功地越过甲板上的护栏，跳到了船的尾部。

事后有新闻记者说，埃里克的这一跃，足足有4米半远。要是他跳不到船上，掉到海里或撞到船舷，那就惨了。

还值得一提的是，1929年的天津万国田径赛，这次田径赛就在他参与修建的民园体育场举行，这是他一生中最后一次参加田径比赛，他在这次比赛中所获得的金牌也是他一生中最后一枚金牌。

在中国的日子，埃里克遇见了他的另一半——后来成了他妻子的芙萝·麦肯齐。芙萝是加拿大人，小他10岁，在他认识她时，她还是个15岁的少女。年龄上的差距虽然让他们的恋爱像马拉松一样，在时间上拉得很长，却没有成为他们相爱的阻碍。两人彼此欣赏，从友情到爱情，终于在感情上越走越近。

芙萝一直想成为一名护

1934年，埃里克和芙萝在天津结婚

第五章 / 英雄和他们的交响　183

士，可是想考加拿大多伦多护士训练学校的人很多，竞争很激烈，她有点担心。埃里克给她打气鼓励，每周还抽两个晚上的时间去她家给她辅导数学。他希望她在学成之后还能回到中国，那时他就会与她结婚。

埃里克的承诺给了芙萝极大的鼓舞，激励她完成了整整三年非常严格、非常艰苦的护士课程和实习训练。三年后，她也兑现了自己的承诺，从多伦多回到了天津，与埃里克结了婚。

埃里克与女护士芙萝的婚事曾经引起很多人的关注，天津及北京的许多报纸都在头版以醒目的标题刊载了这一新闻。他们的婚后生活过得很幸福，一年后大女儿翠西出生，后来又有了二女儿海瑟，一家四口在一起度过了一段相对安定的日子。

1937年，"七七"卢沟桥事变之后，侵华日军对中国开始进行全面进攻，天津沦陷。目睹日本军队的种种暴行，目睹战争给人们带来的苦难，埃里克义愤填膺，非常希望能尽自己所有能力去帮助中国人。这年年底，他获准从新学书院离职，一路艰难跋涉，躲过日军的哨兵，去到正在遭受战争和洪水双重破坏的肖张工作。

肖张是埃里克小时候生活过的地方，他的哥哥罗伯特现在正在这里的医院当院长。埃里克先是在这里协助罗伯特工作，后来罗伯特被调去天津马大夫纪念医院当院长，他就成了肖张医院的"代理院长"。无论是协助罗伯特工作，还是当"代理院长"，他所接手的任务都很棘手。

在日本统治下，华北地区不仅禁止使用中国货币，还流通了日本货币，但这些日本钞票在国统区是一文不值的，所以埃里克经常要执行的一个任务，便是把中国货币从天津带回肖张，以支付医院的费用和工作人员的薪水，这个时候最大的问题就是怎样通过日本哨兵的盘问。他遇见过两种情况，有的时候这种盘问并不太认真，很容易就通过了；有的时候遇上刁钻的哨兵，就不那么容易脱身了，连鞋子也要检查一番，看看有没有秘密文件藏在里头，他的一个用来指路的罗盘针就这么被搜走了。好在他很会藏东西，而且芙萝也替他想过办法，一个常用的办法是：在长条的法国面包上挖洞，把钱藏在面包里。

埃里克在肖张工作时的照片

1939年春节前夕，埃里克和一位同事从天津返回肖张，在经过一座破庙时听到了那里传出的呻吟声。进去一看，原来是一个受了枪伤的重伤员，他就躺在这座不避寒风雨雪的破庙的角落里，满身是血，身体很虚弱。从他的装束判断，埃里克觉得他应该是一位八路军，要不就是共产党的游击队，因为埃里克知道，这一带是游击区，常有八路军、游击队活动，以游击方式对日、伪军作战。仔细一问果然如此，伤员果真是同日军打仗时负伤的八路军战士。埃里克决定救他。

可此处距肖张医院有30多公里，伤员的伤又那么重，没有交通工具是不行的，他就想找辆马车把他运走。但是问了好几位车老板，没有人愿意冒这个险。原因不言而喻，30多公里的路程，随时会碰上日伪军，要是被他们发现就没命了。再找再问，才有人开口答应，不过也有条件：要求埃里克随同马车一起走，只要一起走他就同意拉伤员。

埃里克答应了这个要求。翌日正是农历除夕，马车拉着重伤员出发了，埃里克骑了一辆自行车跟在后头。乡间的路尽是小道，坑坑洼洼的很不好走，还要走走停停，四处打听，避开日伪军，因而走得很慢，傍晚时分才走到一个叫胡庄的地方。这时候，他们听到消息，有大批的日本兵就在离他们才1500米的邻近镇子上，共有10辆大卡车、1辆坦克。没有办法，他们不能再往前走了，只得就地歇息。

三九严寒，夜显得更长。埃里克思虑着明日该如何躲过日伪军，不被他们发现，竟然一夜无眠。

第二天是大年初一。在探听好一条比较安全的路线之后，他们又动身了。走到霍庄的时候，有乡民在村头拦住了他们，说这里也有一个遭到日本兵残害的重伤员,恳求他们也带上他,救他一命。埃里克忙追问是怎么回事,乡民们告诉了原委。

原来,这位伤员是八路军方面的地下交通员,他和他的5位战友在一次行动中遭到日军包围,不慎落入日军手中。日军为了吓唬百姓、扑灭抗日烈火,竟然大开杀戒,要在乡民们面前砍下他们的头颅。5位抗日战士就这样一个个头颅落地,血流成河。轮到第六位时,日本兵举起砍刀,令他跪下,他却高昂着头不跪。场上的日本军官怒了,走到他前面,拔剑向他脖子砍去,伤口从后颈一直到嘴边,鲜血喷涌出来,他倒了下去,一动不动,日本人以为他必死无疑,爬上汽车走了。侥幸的是,他的气管没被割断。乡民们发现他还活着,忙给他包扎了伤口,把他偷偷藏了起来。

在村子里,埃里克见到了这位用破布包扎着脖子上伤口的勇士,仔细查看了他的伤势。由于失血过多,他的生命已经垂危。埃里克立即让大家帮忙,把他也抬到了马车上。

埃里克骑着自行车,跟在马车后头,一路向肖张疾奔。他看到路南的天上,有一架日本飞机正在那里盘旋,这表明日本军队几乎就在两三公里开外,正在和他们平行前进。

经过5个小时的奔波,他们在下午4点钟到达了肖张医院,两位重伤员马上得到了救治。出乎意料,那位被砍头者恢复得很快,活了下来;但另一位由于伤势过重,内脏严重损伤,没被救活。

那位被砍头的抗日勇士名叫心笙,他很感激埃里克的救命之恩,却又无以为报,就画了一张国画牡丹图送给他。埃里克至此才知道,这位心笙原来还是个画家。

**抗日勇士心笙赠予埃里克牡丹图,
以感谢他的救命之恩**

从1939年夏末到1940年初秋，埃里克和他的妻子女儿们终于得到了机会先到英国、再到加拿大休假探亲。这个时候，战争在欧洲和亚洲迅速蔓延。9月，当他们在多伦多安静的湖边享受野餐的时候，所收到的两个方向的消息是：德国的炸弹正如雨点般落在伦敦；日军已完全占领了肖张一带的所有村庄。

尽管如此，他们还是不愿留在和平安全的加拿大，义无反顾地回到了中国。

在肖张，等待埃里克的消息很糟糕：日军已以"私通八路"或"宣传反日"的罪名逮捕或审问了几位与外国侨民一起工作过的中国教员和校长，下一步就要从肖张驱赶同盟国的所有侨民。没过几个月，驱赶行动真的开始了。虽然英美等国此时还不是日本的交战国，日军的这一行径非常无理，但埃里克和他的同事们无可奈何，只好撤回天津。

接下来的一年，侵华日军的气焰越发嚣张，西方侨民在中国的生活也越发困难。在这种情况下，各国驻华使领馆开始通知自己的侨民，让他们在去和留的问题上作选择。埃里克和芙萝也一直在讨论去留问题，埃里克的想法是让芙萝带着两个女儿回加拿大，留他一人在中国，他觉得在中国人饱受战争苦难的时候，他应该和他们在一起。

芙萝也不同意离开，她想留下来与丈夫共安危。可这时她发现自己又有了身孕，第三个孩子将在9月出生。为了孩子能顺利出生，她只好带着大女儿、二女儿坐船先回加拿大。他们约定，一年之后在多伦多相聚。就算一年不行，也不会超过两年。不管怎么说，战争在那时应该会有个眉目了。

他们在轮船码头告别。轮船离岸时，芙萝和大女儿翠西、二女儿海瑟都挤到甲板栏杆边向他拼命挥手："再见！我们爱你！早日回家！"这声音已深深印在了埃里克的脑子里。

1941年9月，芙萝在多伦多顺利地生下了第三个女儿，取名慕莲。遗憾的是，埃里克至死都没有见过这个女儿。自然，他也没有机会再见到心爱的芙萝、翠西和海瑟了……

1943年，赶在3月的末尾上，埃里克·利迪尔被押送到潍县集中营，成了这里的一名囚犯。

等他的身影出现在集中营的时候，那些西方国家的侨民们一眼就认出了他。起初，大家把他当作集中营里数一数二的名人看待，在他背后指指点点，窃窃私语。可是没过多久，他就成了这里所有人的朋友，不管男女老少，几乎所有人碰到他都会高兴地与他打招呼问好；孩子们则会亲切地管他叫"飞毛腿叔叔"，或者干脆直呼其名，叫他"爱锐叔叔"。

埃里克虽然是奥运冠军，是大家崇拜的体育明星，却没有冠军和明星的架子。他和大家一样吃苦，一样干活，甚至比大家吃更多的苦，干更多的活。受自治管理委员会的指派，他担任了孩子们的理科老师,并负责组织集中营内的体育活动;他还是两个集体宿舍——单身男女宿舍和学生宿舍的管理员,负责照料那些单身男女和学龄儿童。

这两项工作都不是太好干的差事。就说宿舍管理员吧,光是两栋男女宿舍就住了200多号人,每天打水、清扫、倒垃圾、搬煤,琐事多得数不清,挺忙也挺累,但他都以自己一贯的认真态度尽力把每件事做好,做得让大家满意。他会主动做一些别人不愿干的事情,如打扫厕所、用煤粉和黏土制作煤球等脏活累活。除此之外,他还主动照料营内的老人、病人和体弱者,为他们排队买煤、买配给品、劈木柴。

集中营里的孩子们喜欢玩曲棍球,当他们的曲棍球棒坏了的时候,就会有人说:"找爱锐叔叔修去!"埃里克这时会变身为一个内行的修理工,用自己的手艺把球棒修复如新。要修复的球棒很多,他一个星期至少得有一个晚上用来做这件事。修补球棒时得用鱼胶来粘,熬鱼胶时气味难闻,为了不影响舍友只能在走廊上工作。有时候找不到用来缠扎的布条,他就"就地取材",从自己的床单上现剪一条,长时间下来,差不多把一条床单都剪没了。

18岁的少女玛格瑞特已经有5年时间没有见到自己的父母了,觉得自己很孤苦。她最好的朋友凯利更悲惨,她的父亲几年前在日寇轰炸山西时丧生了,那份忧伤在她心头始终挥之不去。还有诺曼,本来都已经准备去英国读大学了,珍珠港事件却让她的梦想落了空……埃里克十分同情和理解这些年轻人内心的伤痛,就像一个大哥哥一样开导她们,用自己的经验告诉她们如何乐观地看待人生、看待未来,帮助她们走出悲痛。

大卫·米切尔是烟台芝罘学校的学生,进集中营时只有9岁,父亲已经病逝。埃里克对他特别关照,常常把他带在身边,像父亲一样辅导他读书,指导他玩自制的棒球,还用"让段"的方法与他比赛跑步,让他体验到了另一种父爱。17岁的斯蒂芬,也经常与埃里克形影不离,是埃里克的好帮手。寒冬来临,斯蒂芬的鞋子完全穿烂了,补都没法补,眼看就要赤脚过冬,埃里克为他送来了自己的跑鞋。斯蒂芬知道这是埃里克唯一的跑鞋和唯一的备用鞋,执意不收,埃里克却亲自动手,硬给他穿上了。靠着这双已经半旧的跑鞋,斯蒂芬才没有在山东的严冬里赤脚走路。

还有英国女孩玛乔丽·温莎,患了伤寒病,头发不得不剃光,而且必须隔离。而唯一能安置她的地方就是整个集中营中最吓人的地方——陈尸室。在这间陈尸室里,她虚弱不堪地苦熬了好几个星期,在此期间她还目睹邻床患有同一种病的天主教修女死去。在这艰难时刻,是埃里克给她带来了安慰。他坚持每天来此停留片刻,给她读点故事,为她备受煎熬的心灵注入一丝欢乐。

有一位来自天津的女侨民,在来集中营前是个妓女,因而很遭人鄙视，没有人愿意向她伸出援手。埃里克却对她一视同仁，还亲自动手，用木料为她在寝室的墙上搭建了个衣服架子，解决了她生活上的不便。这位女士很感动，说："他是我遇见的第一个为我做事而不求回报的好人。"

埃里克是一个很有正义感的人。集中营里有一位荷兰籍的母亲，因为失去幼子，精神有些失常，有一回洗完衣服倒水时泼到了院中，受到一个日军看守的咒骂。女人听他骂得难听，回了一句嘴，看守二话不说，走过去就是一顿拳打脚踢，一直把她打倒在地还不停手。正好埃里克路过见到这一幕，他不顾自己安危冲上去制止，还找来了翻译，与野蛮的看守讲理。他问看守："如果你的亲人被无辜囚禁在这里，为了这样的小事就遭殴打，你会怎么想？何况她刚刚失去了自己的孩子。"日本看守被他说得无言以对，又知道他是身强力壮的运动健将，哪敢动粗，只得悻悻离去，从此不敢轻易打人。

埃里克又是一个很乐观的人，无论什么时候，他都面带富有感染力的笑容，一副喜乐无忧的样子。他经常穿着一件肥大的、色彩有点耀眼的衣衫在集中营里大摇大摆地走动，也不管别人会怎么议论这件衣衫。安妮·布蝉是他在肖张医院时的同事，比他晚几个月到集中营，现在是集中营医院的护士，当她第一次遇见他时，他第一句话就问："你猜，我这衣服从哪儿来的？"安妮说："该不是芙萝留给你的吧？"埃里克笑道：

"正是她给我的，不过她一定不想让我这么穿，因为我是用她挂在天津的窗帘做的。"安妮也笑了，说："你到了这个地方怎么还是乐呵呵的。"受他的感染，她本来的愁苦心情也消了一大半。

圣诞节快到了，集中营里缺吃少用，大家都不知道怎么在凄苦中度过这个节日。埃里克就带着大家做圣诞卡片互相交换。没有太多的纸，也没有太多的颜料，可大家都把卡片做得很精致，在卡片上写上了很多温暖的祝福话语。等到大家做完了，埃里克就负责传送，他成了一个邮递员，一个圣诞快递员，肩上背着一个大背包，把这些圣诞卡片送到集中营内每一个宿舍每一个家庭，把温暖送到每个难友手中。

美籍侨民朗顿·基尔凯曾在他的回忆录中这样描绘他的这位可爱的难友："当我在集中营的晚上走过娱乐室时，经常看见利迪尔俯身在棋盘和船模型旁工作，或者在指导人们跳一种社交方格舞。他总是全神贯注，又兴致盎然地捕捉那些被囚禁者的想象力。他充满幽默感和热爱生命的热情，他的热心和魅力，使大家适应了那段苦难的日子。"

他还说，要不是有埃里克这样的人的无私帮助，许多人绝不可能在集中营这样艰苦的条件下坚持下来。

作为资深的教师，埃里克很关心集中营里的孩子们。他在各个场合强调："饥困不是放弃教育和追求学识的理由。"他对孩子们说得最多的一句话是:"你们不能没有知识。"

他告诉孩子们:"你们总有一天会走出集中营的,那时候得有知识才会有本领、有作为。"为此,他除了上好一般的理科课程之外,还另外给自己加码,为一些有兴趣的学生上化学课。化学是他的专长,上课当然没有问题,困难的是没有教科书。可这难不倒他,他有超强的记忆力,凭着记忆手写了一本100多页的化学课本,连化学公式、元素周期表都很齐全,而且每一个字都写得工工整整的,像印刷出来的一样。

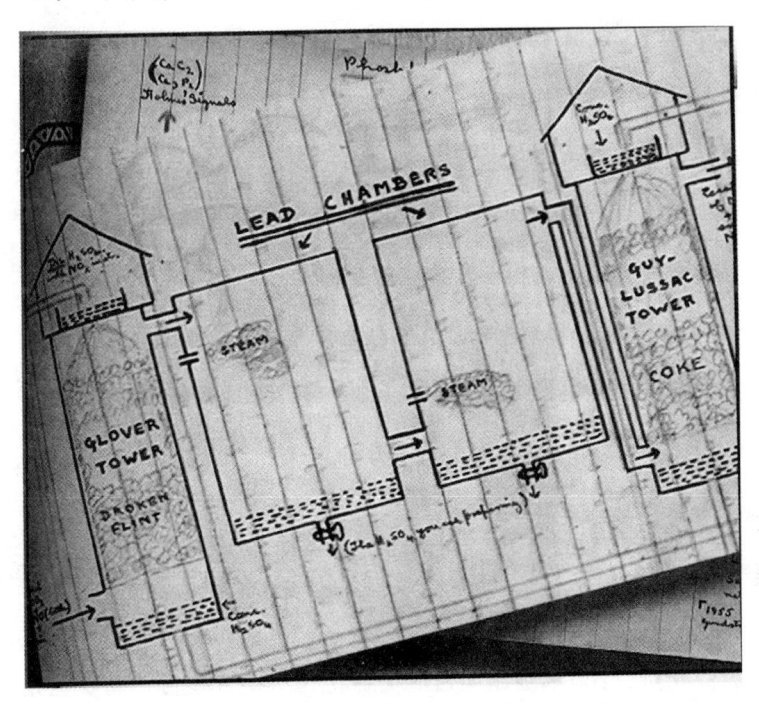

埃里克在集中营里亲手编写的化学教材

学化学，做实验很重要，可集中营里没有这个条件。对此埃里克也有自己的妙招，他凭着记忆将那些化学实验全部用图画了出来，再对着图解把自己做过的这些实验详细讲一遍，让孩子们像在实验室一样体验每个实验的全过程。

司荣宝和米切尔都是那时候跟着埃里克学化学的孩子，他们在走出集中营以后都还一直珍藏着这些手写的化学课本，视其为自己最宝贵的财产。司荣宝记得，她那时有一个愿望，希望将来能考上牛津大学的化学系。一次在与埃里克交谈时，她说了这个愿望。埃里克很支持她，便让她加入化学学习小组，给了她一些很管用的辅导。从集中营获释后，她果真如愿以偿地考进了牛津大学的化学系。

在失去人身自由的情况下，却仍然揣着一颗自由的心，而且还要用这颗心去温暖集中营里那些小小年纪就失去自由的孩子们——埃里克以他的所作所为感动了集中营里的人们。而更令人对他肃然起敬的，还有他在此时所作出的那个有悖于自己宗教信仰的了不起的决定。

事情还得从1924年巴黎奥运会说起。在那次奥运会上，埃里克因为拒绝参加100米赛跑而改跑了400米项目。那么，他为什么要拒绝参加100米赛跑呢？原来，根据那次奥运会的赛程安排，100米赛跑项目的决赛将在星期天举行，而埃里克自小受父母影响成为基督教徒，视星期天为"圣日"，是不参加任何体育运动和比赛的。在要求调整赛程无果的情况下，他毅然决然地放弃了这个极有可能夺冠的项目，连英国的威尔士亲王亲自专程从伦敦赶来劝说，也没能让他改变主意。

被关进集中营之后，埃里克也曾经一直固守着"礼拜天不运动"的做法。可是很快，他犹豫了。犹豫的原因，是他看到了问题——发生在那些未成年的孩子们中间的乱象。由于在星期天没人替他们组织活动，他们无所事事，或打架斗殴，或无端滋事，甚至在某些人别有用心的教唆下，在地下室开不堪入目的"性爱派对"。

面对这些乱象，埃里克很是心痛。沉思之下，他决定改变固守的习惯和做法，把自己的星期天交给集中营里的孩子们。于他来说，做出这样的决定当然不会是一件容易的事，其中有着痛苦，也有牺牲。

埃里克与集中营营友、小女孩

第五章 / 英雄和他们的交响　197

埃里克在潍县集中营的住所

但理智告诉他:"千重要,万重要,还是孩子们最重要!"

他还告诉自己说:"为了集中营里的孩子们,怎么做都是正确的!"

不说也猜得出,当他作为体育活动的组织者,作为教练和裁判,走入孩子们的星期天的时候,那些孩子们多么开心。

"了不起的埃里克,他以一个了不起的决定,做了一件了不起的事情。"有侨民感叹说,"在我们这个长150码宽200码的小小世界里,埃里克无疑是最受欢迎且最被大家尊敬和喜爱的人。"

挂在埃里克宿舍门口的一个小牌子也许可以佐证这句话。这个牌子是埃里克的舍友们做的，一面写着"埃里克在家"，另一面写着"埃里克不在家"，是哪种情况就亮哪一面——实在是有事没事都来找他的大人小孩太多了，舍友们有点招架不过来啊！

集中营的日本当局为了在世界上美化自己，展示自己的"文明"形象，也会允许囚徒们每个月给家人写一封信报"平安"。不过这些信要经过当局方面一级一级的审查，而且字数上有限制，起初是100个单词，很快就减少到了20个单词。

埃里克会利用20个单词的限量，最大限度地向远在地球另一边的妻子女儿还有其他家人传递自己要说的话。比如，有一封给芙萝的信是这样的：

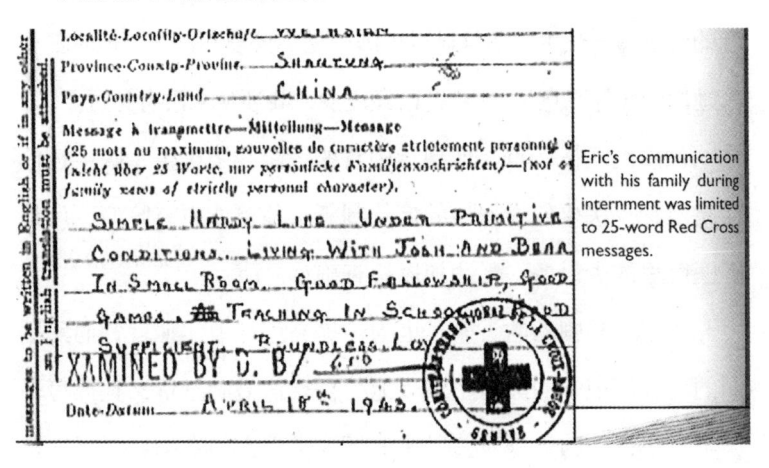

Eric's communication with his family during internment was limited to 25-word Red Cross messages.

埃里克在潍县集中营里写给家人的信（按规定只能写25个单词）

第五章 / 英雄和他们的交响　199

简单、刻苦、户外、团体生活；所有内部工作全由我们自己做，每个人都是工人；我们都很忙；在学校教书。祝翠西和慕莲生日快乐。爱你。

这些信往往会在路上走很长很长的时间，三五个月，半年，甚至更长的时间，可每回收到信时妻子还是很高兴的。起码，她知道他还活着，虽然很艰难很困苦，但他的身体条件让他活到走出集中营没问题。

她万万没有想到，实际情况并不是这样——出问题的偏偏是他的身体。

大约从1944年末开始，人们发现埃里克有些不对劲。他走路、动作和说话都变慢了，记忆力衰退，时常头痛，以前那些风趣的妙语逐渐减少，而且显得更渴望见到芙萝和孩子。他时常望着她们的照片叹息说："慕莲已经三岁，我还从来没有见过。"

预感到病情严重，他到集中营的医院找了医生，医生让他住院治疗。医生们根据他的症状判断，他可能患有脑瘤，可是因医院里缺少设备，无法加以检查确诊。

为了减轻剧烈的头痛，也为了提高记忆力，他就背诵狄更斯的《双城记》的最后三章。他很喜欢这最后三章，觉得写得很美。小说中的人物西德尼·卡顿为了爱人的幸福甘愿牺牲自己，他认为非常感人。

埃里克在集中营里教过的部分学生

听说埃里克生病了，前来探望的人很多，有大人也有小孩。望着忧心忡忡的人们，埃里克总是故作轻松，脸上堆着笑容跟他们说："相信我，我没事，很快就会好的！"

但是这一次，埃里克没有兑现自己的承诺。

1945年2月21日，埃里克·利迪尔在潍县集中营去世，年仅43岁。这一天，离潍县集中营解放已经不到200天了。

埃里克的去世，让集中营的侨民们好像突然失去了光明，他们沉浸在莫大的哀痛之中。谁也不相信自己所喜爱的人会这么快地离他们而去，孩子们更是号啕大哭。他们冒着纷飞的大雪为他送葬，在他的坟前竖起一个木头的十字架，用鞋油在上面写上他的名字……

第五章 / 英雄和他们的交响

英格兰设立的"埃里克·利迪尔纪念馆"

1991年6月9日，利迪尔运动场暨纪念碑揭幕仪式在集中营遗址举行

几十年后，人们在检视潍县集中营留存档案时发现：在当年英国向日本提出的要求交换回英国的平民俘虏名单中，首位便是埃里克·利迪尔。把他列入交换名单的人，是当时的英国首相丘吉尔。可是埃里克把名额让给了一位孕妇，自己选择了留下。

埃里克·利迪尔——李爱锐，一位生于中国、葬于中国的奥运冠军。他"在运动生涯的巅峰，天地在脚下任他奔跑的当儿，却转换跑道，跑向中国"。他把爱献给了中国，只因为他爱着中国。

"在全人类之中，凡是坚强、正直、勇敢、仁慈的人，都是英雄！"伟大的音乐家贝多芬曾这样定义他心目中的英雄。他是一个崇尚英雄的人，他的《降E大调第三交响曲》还有一个名字叫《英雄交响曲》，是一部震撼了亿万心灵的英雄赞歌。

　　要做到"坚强、正直、勇敢、仁慈"并不是一件容易的事，特别是当身陷潍县集中营这样黑暗、苦难环境的时候。从这点上说，那些在黑暗中仍然闪亮的灵魂，尤为美丽可敬。

第六章 / 迎向胜利

中美英促令日本投降之《波茨坦公告》(1945年7月26日)

（一）余等美国总统、中国国民政府主席及英国首相，代表余等亿万国民，业经会商并同意，对日本应予以一机会，以结束此次战事。

（二）美国、英帝国及中国之庞大陆海空军部队，业已增强多倍，其由西方调来之军队及空军，即将予日本以最后之打击，此项武力，受所有联合国之支持及鼓励，对日作战，不至其停止抵抗不止。

（三）德国无效果及无意识抵抗全世界激起之自由人之力量，所得之结果，彰彰在前，可为日本人民之殷鉴。此种力量，当其对付抵抗之纳粹时，不得不将德国人民全体之土地、工业及其生活方式摧残殆尽。但现今集中对待日本之力量，则较之更为庞大，不可衡量。吾等之军力，加以吾人之坚决意志为后盾，若予以全部实施，必将使日本军队完全毁灭，无可逃避，而日本之本土，亦必终归全部摧毁。

（四）现时业已到来，日本必须决定是否仍将继续受其一意孤行，计算错误，使日本帝国已陷于完全毁灭之境之军人统制，抑或走向理智之路。

……

自从有了潍县老百姓的帮助，可以通过侨民们所说的"竹制电台"获得一些战争讯息，潍县集中营这个战争中的"孤岛"总算有了一条与外部世界连通的秘密管道。

虽说管道有点狭窄，传进来的讯息十分有限，只能是只言片语，简而又简，但还是能够让侨民们知道在离他们很远或不太远的地方究竟发生了哪些大事。

1944年年中之后，他们所获得的讯息是这样的：

6月6日，盟军登陆诺曼底，突破德军的"大西洋壁垒"；

8月25日，巴黎解放，德军守军投降；

1944年6月6日，盟军在法国诺曼底登陆

12月，德军在阿登大规模反攻，被盟军击败；

翌年初，苏军赢得列宁格勒战役胜利，并乘胜追击攻入东欧诸国；

……

除了欧洲战场，还有太平洋和中国战场的：

6月6日，美军攻下马里亚纳岛；

8月10日，关岛被美军占领；

11月24日，东京遭美B-29轰炸机大肆轰炸；

翌年2月1日，八路军攻占山东泗水，逼近津浦铁路；

……

基本上这些讯息都会变成"流言"，在集中营的人群里散发开来。这时候，它们就不是那么简单扼要了，经过口口相传，也经过添油加醋，它们可能会变得具体生动、有声有色起来。自然，也有可能演绎过度，失真走样。不管怎么说，这些都是好消息，都是令人振奋的消息呐！听闻着这些消息，集中营里的笑声多了许多，希望在大家心头开始滋长：难道说，苦日子快要到头，战争快要结束了吗？

作为集中营的统治者，看守当局当然不愿意让这样的"流言"扰乱"秩序"，动摇他们统治的根基。可他们万万没有想到，其中有的"流言"的消息源竟然就是他们自己——确切地说，是他们自己硬要囚徒们阅读的一份英文报纸。

这张英文报纸是侵华日军在北平出版的,出版的目的是展示他们在太平洋战场和中国战场的战绩,吹嘘自己是如何的锐不可当、不可战胜。为了达到这个目的,他们在报道战况时自然会有取舍和作假,于己有利的必定大吹大擂,于己不利的必定肆意隐瞒。满纸谎话,基本上没什么真实可言。

那么,像这么一张说谎的报纸还有人看吗?有,集中营里一些高年级的学生还有他们的老师就是一批很认真的读者。他们每个月都会有两次时事讨论会,主要内容就是在一起研读这张报纸上的"新闻"。不过,他们的研读是"反读",用他们自己的话说,叫作"反推论",就是要从这些"新闻"中找出破绽,经过分析,悟到真相。

新近一段时间,日本人吹得最凶的是他们在马绍尔群岛、菲律宾群岛、硫磺岛、大琉球群岛与盟军激战所取得的重大战绩。充斥报纸版面的尽是长篇累牍的报道:马绍尔大捷!菲律宾大捷!硫磺岛大捷!琉球大捷!其反复表明的就是一个意思:"皇军"大胜,盟军大败,"皇军"给了盟军沉重的打击。

怎么看这些"新闻"?日军的这些"伟大胜利"究竟是真是假?换句话说,眼前的战争走势究竟如何,是朝好的方向走呢还是越来越糟糕?事关自己的生死命运,师生们不能不予以特别的关心。他们分析那些"新闻"版面,既有作战经过的详尽描述,亦有日军歼敌的数字公布,还有战场的真实照片佐证，看起来很是天衣无缝、无懈可击，叫人不得不信。可当他们对照着地图，把这些"新闻"摆在一起看时，立马恍然大悟，有了一个发现——

说是"大败"盟军，可为什么从马绍尔群岛到菲律宾群岛，到硫磺岛，再到大琉球群岛，仗却越打越靠近日本本土？甚至都逼到了日本的家门口？这怎么看也不像是获得了"伟大胜利"啊！

推论只有一个，那就是：日军正在节节败退。这才是战争的真实进展！

与往常一样，这个消息不出半日就传遍了大半个集中营，只是传到最后，尾巴上还多了一句："连日本人的报纸也承认了……"

按照惯常的做法，集中营的看守当局对于这样的"流言"是一定要严加追查的。他们一查一追，终于追到了这些"流言"的源头是那些高年级学生；再逼着这些学生招供，学生们"供"出的竟是他们要囚徒们阅读的那份英文报纸。

查案查到了自己头上，他们确实是气不是恼也不是，没有别的办法，只好将此事偷偷按下不提。

想到战争即将结束，人们原本紧蹙的眉头终于松开了许多。他们开始考虑，该为将要到来的胜利准备点什么了。

第六章 / 迎向胜利

莱纳德·斯坦克斯是集中营内那支乐队的组织者之一，当初就是他骑着自行车跑遍北平通知大家把乐器带进集中营，才使集中营有可能建立起自己的乐队。他现在与乐队的队员们商量：他们是否该专门排练一些胜利乐曲，等"那一天"来临的时候演奏？队员们都说应该，是应该马上排练！

那么，选择什么乐曲在"那一天"演奏最合适？一个建议是：演奏反法西斯同盟各国的国歌！——从英国、美国、中国、苏联到法国、荷兰、澳大利亚、比利时……把反法西斯阵营各国的国歌都奏一遍，不就是最好听的胜利乐曲吗？这个主意不错！大家都很赞同，马上分头去准备乐谱了。

听说乐队要排练反法西斯同盟国的国歌，不少人都替他们捏了一把汗。这些反法西斯同盟国都是日本现在的"敌国"啊，要是排练时被日本看守听见那还了得，轻则被关黑屋子，重则性命都会丢掉！可是斯坦克斯他们不怕，而且自有办法对付。这个对付的办法就是排练时不演奏和调，只演奏低音部分。这样一来日本看守们就听不出乐队究竟在演奏什么了，毕竟他们身上的音乐细胞不多。

说干就干，排练开始了。每周一次，排练地点就在修建房隔壁的小屋子。排练了几周，大家兴致越来越高，有人灵感涌现，又出主意：要是把几首国歌连接组合到一起演奏，岂不是更有意义也更有气势？这个提议也得到了大家的支持，于是全员动脑筋参与，用英、美、中、苏四国国歌编排出了一首集成曲。这四国，是四个主要的对日作战国。

英、美、中、苏四国的国歌风格并不相同，按理说是很难把它们糅到一首曲子里的，可乐队的乐手们个个都是高手，他们用每首歌的变奏作为连接，既保持了每首国歌的鲜明风格，又让它们得到了巧妙的融合。为了躲过日本看守的耳朵，他们还在乐曲中加上了一些宗教乐曲的旋律。

曲子有了，还挺雄壮激昂，得有个曲名吧？

20多人意见高度一致：就叫《胜利集成曲》吧，留待胜利那天奏响！

侨民们自发组织的救世军乐队

和乐队一样，还有很多人也在为迎接解放做准备。26岁的美籍青年戴德森从北平来集中营时，偷偷带来了一面美国国旗。在离开北平时，日本宪兵曾野蛮搜查侨民们的行李，抄走了很多"违禁品"，幸亏他把国旗藏得好，才没有被发现。到了集中营后，如何藏匿这面美国国旗不让日本人发现，仍然是他最揪心的事情。日本看守随时有可能搜查宿舍，所以既不能藏在宿舍，也不能让更多的人知道。为此他曾三次更换藏匿的地方，硬是在日本看守的眼皮底下把这面旗子完好地保藏了下来。

夜深人静之际，戴德森摸黑进到结满蛛网、堆满垃圾的地下室，伸手往一个破墙洞里探了探。他探到他藏在这里的一个小布包还在，布包里就是那面旗子。戴德森放心了，闪现在他脑子里的已经是这面旗子在蓝天下招展的情景……

战争即将结束之际，最高兴也最忙碌的是那些热恋中的情侣们。在苦难的集中营，他们曾经相濡以沫、互相温暖，现在知道黑夜快要过去，便迫不及待地谈婚论嫁了。

在这段时间里，连续有三对新人举行婚礼。其中给人印象最深的，甚至过了若干年仍念念不忘的是英国人乔伊和芝罘学校老师珍妮的婚礼。他们之所以念念不忘，不仅是因为这个婚礼曾经给了集中营的难友们难得的欢愉，更因为恰好就在婚礼的当晚，他们听到了一个从遥远的欧洲传来的胜利喜讯。

集中营的大钟

这一天，是1945年的5月8日。

是日午夜，两个年轻人偷偷爬上24号楼楼顶的钟楼，敲响了那里的大钟。

正是万籁俱寂时分，"当——当——"的钟声非常洪亮，惊醒了所有睡梦中的人们。为什么在这个时候敲钟？发生了什么大事？侨民们赶忙穿上衣服，走到屋外互相打听，黑压压的人群挤满了集中营内的几条道路。

同样从床上被惊醒的还有集中营的日本看守们。他们知道，半夜敲钟不外乎两种情况：一是集中营遭到了中国抗日武装的攻击；二是集中营里有囚徒暴动。他们进行紧急核查，这两种情况都没有发生。

那么，半夜敲钟究竟为哪般？真相很快揭开了，原来，已经有消息传入高墙：德国在今天宣布无条件投降，欧洲大陆解放了！

这真是最激动人心的喜讯！这真是天大的好消息！喜讯像春风一样吹过人群，把侨民们一下卷入了欢乐之中。他们互相拥抱，互相亲吻，有人喜极而泣，也有人放开喉咙唱起了歌，迈开步子跳起了舞。还有大大小小的孩子们，受了大人们情绪的影响，更是兴高采烈地蹦来跳去，兴奋得像过节一样。

正当此时，紧急集合的哨声大作，看守当局下达命令，要所有人——包括老人、孩子马上出来集合点名。他们不能容忍囚徒们公然造反，要追查和严惩敲钟的人。

这是侨民们记忆里最严厉的一次点名，充满了杀气腾腾的气氛。高墙边，所有岗楼上的探照灯都打开了，耀眼的探照灯光一齐向侨民队伍射来，在他们身上扫来扫去。两排全副武装的日本兵用寒光闪闪的刺刀交叉搭出一条窄窄的通道，侨民们得一个一个从这交叉的刺刀下走过去接受点名。日本兵的个子普遍不高，侨民们别说高个子男人，就连好多孩子都得使劲弓下腰才不至于脑袋碰上刺刀。在刀丛的尽头，每个侨民都得报上自己的姓名、号码，并让日本看守检查佩戴在身上的编号牌，经日本看守与花名册核对无误才算完事。

点完名后，日本人开始训话，追查敲钟的人。训话的人是一位叫伊佐的军官，他知道美籍青年戴德森过去在日本留过学，会点日语，就让他替自己翻译。伊佐对敲钟的事非常恼火，一开口就显得气急败坏，在叽里呱啦大吼一通之后，要戴德森把他的话翻译给侨民们听。

罗伯特赵爱思捐献的集中营点名册

戴德森和侨民们其实都还沉浸在刚才的喜悦之中，因为德国的投降，他们对日本人也不那么害怕了。戴德森完全是用一种轻松的心情翻译说："'Kingkong'问，刚才是谁敲的钟？"

侨民们一听全都笑了，尤其是孩子们，乐得拍起手来了。原来，"Kingkong"是他们背地里给又矮又胖的伊佐起的绰号。

伊佐不知人们笑什么，又叽里呱啦说了一次。戴德森也重复说："'Kingkong'还是问，刚才是谁敲的钟？"孩子们一听，一个个手舞足蹈，哈哈哈哈笑得更厉害了。

伊佐一看，大概明白了是怎么回事，不禁勃然大怒。正好他手上有条皮鞭，便举起皮鞭冲向戴德森，想要抽打戴德森。可没等他的皮鞭落下，从人群里站出了少女司荣宝，她挡在伊佐和戴德森之间，向伊佐大声喊道："他又没做错什么，你不能无故打人！"

伊佐一把推开司荣宝，还要继续发作。就在这时，也不知是哪个孩子带的头，人群里那些爱看热闹的孩子像散了窝的蚂蚁似的围了过来，先是几个，很快变成一小群，很快又变成一大群，一下冲散了对峙的局面，隔开了对峙的双方。几十个大大小小的孩子还像刚才一样，嘻嘻哈哈地喧闹着，有的围着大姐姐司荣宝和大哥哥戴德森，也有的围住了伊佐，像与他做开心游戏似的，对着他呵呵傻乐。

"点名"现场彻底乱了，完全变成了"嘻哈"场面。面对这些顽皮的孩子，伊佐气急败坏，却又不敢打骂，也因为知道了德国投降的消息后心底发虚，只好扔掉皮鞭吼了一声"解散"，顾自先溜了。

所谓的"追查"于是不了了之。

德国宣布投降、欧洲大陆获得解放之后，日本成了法西斯阵营中最后一个顽固堡垒。

为促使日本投降，1945年7月17日至8月2日，美、英、苏三国首脑在德国波茨坦举行会议，并发表由美、英、中三国代表签署的《波茨坦公告》。但日本政府无视《波茨坦公告》发出的严厉警告，拒绝投降。

1945年7月17日，苏美英三国首脑在波茨坦举行会议

8月6日和9日，美国在日本广岛和长崎各投下一颗原子弹。8月8日，苏联也对日宣战并加入《波茨坦公告》，百万苏联红军兵分三路对日本关东军展开猛烈攻击。在中国的大江南北，抗日军民也正在奋起进攻，展开"对日寇的最后一战"。

在面临绝境的情况下，日本政府、军部内的交战派与主和派依然就是否投降的问题激烈争吵，相持不下，于是只好召开御前会议。御前会议从8月9日夜里一直开到翌日凌晨，最终由天皇决定：接受《波茨坦公告》。

10日早晨6点，日本政府分别电请瑞典、瑞士，将投降之意转达中、美、英、苏四国。"日本政府决定无条件投降"的消息通过无线电波迅速传遍了全世界。5天后的8月15日，日本天皇通过东京广播宣读《停战诏书》，正式宣布投降。

在潍县集中营，最先把日本投降的消息传递给侨民们的是运粪工张兴泰。

这一天，他一到集中营，就在一个带盖的垃圾箱旁反复地拍打着灰尘。一见有侨民走近就使劲拍打，一见有侨民路过就使劲拍打。不知道的人以为他在干活，其实这是约定的暗号。他不知道这些路过的有没有知道暗号的人，不知道他们明白了他所传递的讯息没有。他心里那个急啊，是急于要把这个重大的好消息告诉这里的人们！

可是，自治管理委员会的几位负责人对这个消息将信将疑,不敢贸然相信。

这并不奇怪,毕竟在这短短的一个星期中,形势的变化有些快。由于高墙之隔,以及日本人刻意封锁,原子弹爆炸和苏联出兵东北的消息都还没来得及传进集中营,现在一下跳到日本投降,确实会让人感到突然。

好在自治管理委员会在日本人那里安插有一名内线,他们就想通过内线证实这事。不料日军在天皇正式发布"诏书"前都不愿意承认投降,所以内线反馈过来的消息是:日军没有投降。在这种情况下,自治管理委员会只好决定先将消息"保密"。

尽管如此,消息还是不可避免地走漏了出来。那些知道消息的自治管理委员会成员,个个都像心里着了火一样,忍不住要把这个秘密向别人倾吐。在自治管理委员会里负责劳动委员会的霍斯金斯就是其中一位。他在碰见他认为比较可靠的美国人朗顿·基尔凯时先是问:"你能保守秘密吗?"

朗顿说:"告诉好朋友也不行吗?"霍斯金斯说:"也不行。我答应过自治管理委员会,除了我妻子,不会告诉任何人。但这个消息,如果只是告诉自己的妻子就太没意思了,所以……"在下一秒,他把日本投降的消息说了出来。

听到这个消息,朗顿既震惊又兴奋。巨大的喜悦也开始在他心里迅速地膨胀,让他也产生了不吐不快的强烈欲望,觉得自己如果不找人把听到的说出来非发疯不可。晚餐的时候，他对好朋友马特说："我听说了一件事，但我承诺过不告诉任何人。"

谁知马特大笑道："我也一样，也遇到了同样的情况……"

人人都被要求保密，人人又都要求别人保密。胜利的消息就以这样的方式，像春风一样吹过人们的心头，吹开了一朵朵心花。刹那间，天变蓝了，阳光也变绚丽了，每一个人都喜出望外、笑逐颜开，他们忍不住一遍遍问自己："这是真的吗？不是做梦吧？胜利真的就这么到来了吗？"

然而伴随着胜利消息到来的不光是欢乐。也有死亡威胁。

这个死亡威胁就是：日本人不会轻易放过他们这些"敌国人"，不会甘心看着他们走出集中营。这个曾经让侨民们担忧过三年的死亡威胁，现在随着胜利的到来终于真正降临了。

这不是空穴来风，也绝非杞人忧天。自治管理委员会已经通过内线证实：集中营的日本看守当局已有决定——他们不准备投降。到最后的时刻，他们将枪杀所有囚徒，然后全体切腹自尽！

胜利在走近。死亡也在走近。谁来拯救集中营里的无辜侨民？

1945年8月16日，即日本正式宣布投降的第二天，青年翻译王成汉接到命令，要他马上去以司太格少校为组长的"鸭子行动组"报到。

王成汉时年20岁,武汉人,原本是四川大学物理系学生,一年前为抗日弃学从戎,参加了国民革命军青年军,成为由百名大学生组成的203师搜索连的一名战士。后又因战事需要,进入译员培训班学习,毕业后被昆明的美国战略服务办公室招募,先后进入SO(特别行动组)和SI(特别情报组)工作,专事英—汉语翻译工作。

"鸭子行动组"部分成员

"鸭子行动组"成员、翻译王成汉

在SO，上级曾派王成汉去云南开远受训，学习跳伞和小武器使用，说是要为执行一次重要任务做准备。什么重要任务呢？上级没说，他也没问，只是在心里想：这个任务一定与飞机和跳伞有关。果不其然，他猜对了，"鸭子行动组"的任务，便是空降到山东潍县，解救集中营里被日军关押的侨民。

"鸭子行动组"共有7名成员。除了组长司太格少校和英—汉语翻译王成汉之外，还有导航员汉纳中尉、海军战略情报组少尉穆尔、日语翻译长崎中士、无线电报务员欧立克上士和军医汉丘拉克上士。

16日,一架B-24轰炸机载着他们从昆明飞到西安,又在翌日一大早载着他们从西安起飞,前往潍县。

为了保密,仅仅是从西安起飞的一小时前,司太格少校才向行动队的成员们宣布"鸭子行动组"的任务。他告诉大家,潍县集中营里的人们正面临着被集体屠杀的危险,我们必须赶在日本人下毒手之前到达那里。

B-24轰炸机呼啸着向山东飞去,于上午9点30分到达潍县上空。由于尚不清楚集中营的具体方位,飞机先是在2000英尺的高空盘旋,然后降到1000英尺,再降到500英尺。导航员这时报告:发现目标!

8月17日这天的潍县,碧空如洗,阳光明媚。

当飞机的轰鸣声由远而近,传到集中营的时候,人们开始时并没有在意,以为那只是日本人的飞机。很快,他们听出来了,这轰鸣声与日本飞机的轰鸣声很不相同:日本的飞机都很古老,发出的是沉闷的嗡嗡声;而现在听到的轰鸣声要大得多,轰隆轰隆的,像炸弹爆炸,很响,很强烈。

就在这时,集中营里响起了惊叫声:"好像是美国飞机!好像是美国飞机来了!"刚开始是一个孩子在喊,接着是很多人在喊,不但是孩子,也有大人。

"鸭子行动组"航拍的潍县集中营

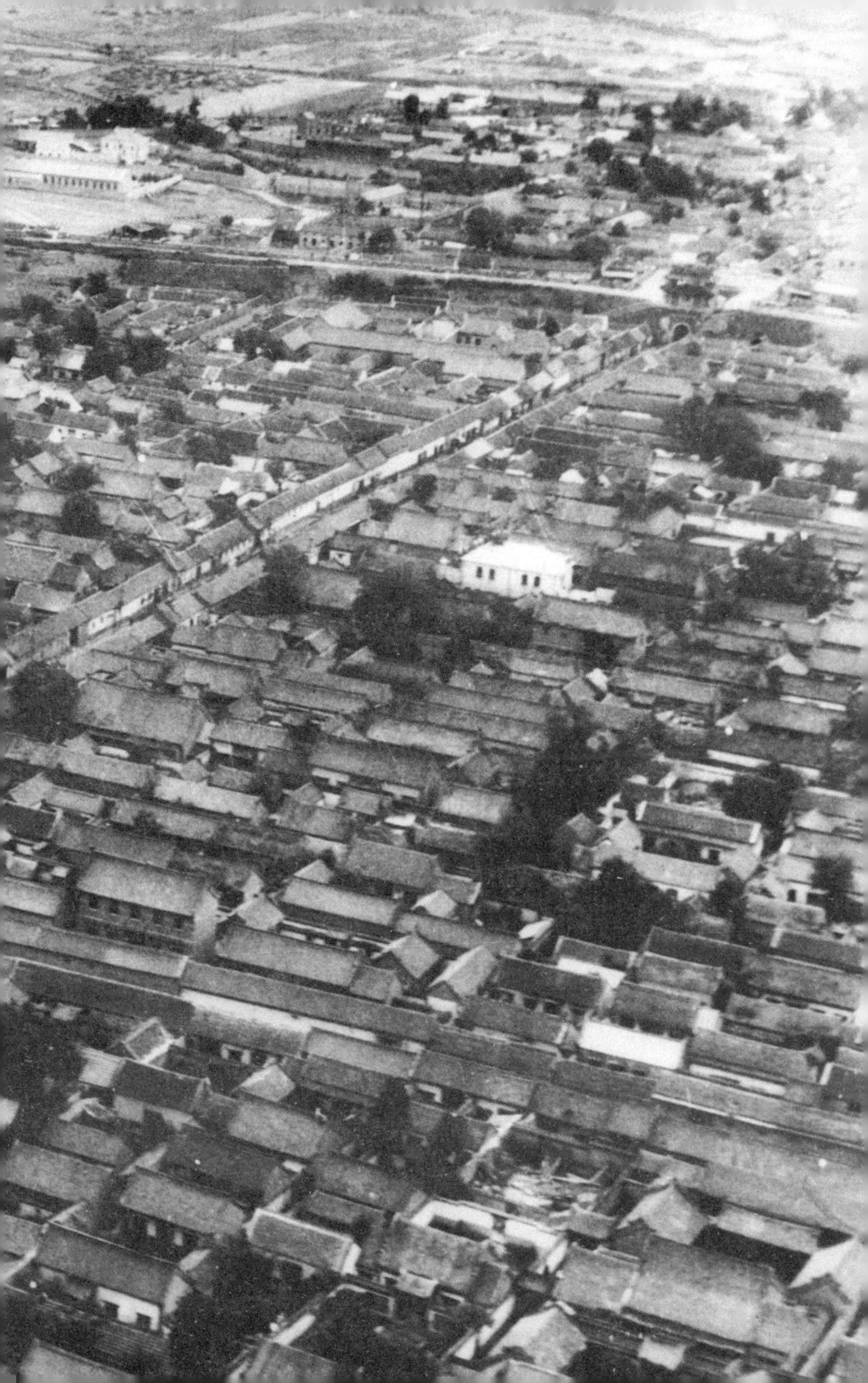

听到喊声时，朗顿·基尔凯正和一些当班的人一起忙着在食堂厨房的大锅边准备午饭，也不知是谁带的头，他们扔下大锅铲，放下没切好的胡萝卜就跑了出去；听到喊声时，新婚才三个月的乔伊和珍妮是从医院顶层的屋子里跑下来的，事后想起来，连他们自己都不明白当时怎么会跑得那么快，那么多级的楼梯怎么三脚两步就蹦了下来；听到喊声时，因腹泻没去上课的戴爱美正虚弱地躺在病床上，她是一骨碌从床上跃起身跑出去的，那一刻，她觉得自己的病已经不治而愈了，还觉得自己会是第一个跑出来看飞机的人，却不料跑到露天一看，这里已经是人山人海，几乎所有的侨民都跑出来了……

是的，侨民们都跑出来了。大家站在视野最开阔的地方抬头远望，正好看到一架四个引擎的飞机从西边的山头飞过来。

飞机掠过集中营上空，然后拐了个大弯飞远。很快，又飞回来，又拐弯飞走，再飞回来……

"看见机身上画的蓝星了吗？是美军飞机！真的是美军飞机！"

"它在绕着集中营盘旋呢，一定是在寻找我们！是来解救我们的！"

1945年8月17日，欢呼解放的人群

　　人们一下醒悟过来，于是一下变得异常兴奋。他们欢呼着，哭泣着，舞蹈着，用手击打着地面，声嘶力竭地朝自己大叫，朝周围的人大叫，也朝着头顶的天空和飞机大叫，都把嗓子叫得嘶哑了，快发不出声了还不愿意停歇，还在那儿大叫。有人开始狂奔，一边狂奔一边脱下身上的衬衣使劲朝飞机挥

第六章／迎向胜利

舞；有人在歇斯底里地笑或哭，像婴儿一样泪水淌得哗哗的；就连平时最稳重的人，都要去拥抱、亲吻那些他们两年中都没有说过一次话的人。

集中营里此时关有1500多个侨民俘虏。在这个时刻，这1500多个难友都忘记了克制自己，变得"失常"了。整个集中营，变成了沸腾喧闹的海洋。

突然，喧闹的声音停止了，一个奇迹让所有人瞪大了眼睛、张大了嘴巴——就在距离集中营大约半公里的地方，在美军飞机飞过的时候，天空中绽开了7顶美丽的降落伞，而且每顶降落伞下都垂挂着一名空降兵。很显然，是救兵从天而降了。

喧闹声再一次响起，这回是近乎疯狂了。没有人号召，也不需要人提醒，人们齐声呐喊着，像潮水一样向大门口涌去，强力挤开集中营的大门，冲过门外狭窄的街道，冲向救兵降落的田野。

面对这样声势浩大的人流，值守在集中营门口的日本兵一时没反应过来，愣住了。他们中也有士兵以射击的姿势端起了枪，可犹豫了一下，还是把枪放下了。

田野上，高粱已经成熟，一片火红。"鸭子行动组"的7名成员降落在了高粱地里。在摘掉降落伞后，他们迅速集结，准备冲向集中营。

不过，他们的行动计划很快被打乱了，当他们握着手枪走出茂密的高粱地时，发现去路已被蜂拥而来的侨民们堵得水泄不通。

这些侨民一个个都瘦骨嶙峋，衣着褴褛，好多还打着赤脚，他们用比刚才更为高涨的热情朝着行动队的队员们欢呼。女士和孩子们争先冲上去与他们紧紧拥抱，小伙子们则把他们抬起来扛在肩上，一路上前呼后拥、浩浩荡荡地走向集中营。

挂着"乐道院"牌匾的集中营大门口，感觉到大势已去的日本守兵依然没有抵抗。摆着射击姿势的他们，只是与同样准备开火的美军官兵对望了几秒钟便败下阵来，乖乖地打开了大门。

这时候，集中营里已是另外一番情景。

在24号楼的楼顶钟楼，戴德森和他的伙伴们挂出了那面美国国旗。这面冒着风险保存下来的旗子终于重见天日，派上了用场。

在集中营正中的大路旁，手持铜管乐器的乐队早已列队等候。当侨民们簇拥着"鸭子行动组"走近时，他们拼足力气，奏响了《胜利集成曲》。

在英、美、中、苏四国国歌的旋律中，司太格少校和"鸭子行动组"的队员们停住了脚步，立正敬礼。而乐队中一个吹拉管长号的年轻人再也控制不住，俯身在地哭出了声……

按照行动计划，司太格少校带领行动队直奔集中营看守当局的办公室，向这里的指挥官展示由美军驻华总司令魏德迈将军签署的命令文件。日本指挥官坐在他的办公桌前，双手摊开放在桌子上。他看完文件，考虑了好一会儿，这才慢慢把手伸进前面的抽屉。

司太格少校和队员们手上都紧握着手枪，他们警惕地注视着对手，扣在扳机上的手指已经绷紧。日本指挥官又考虑了几秒钟，终于无奈地垂下了头，从抽屉里拿出枪和佩刀交给少校……

由于"鸭子行动组"的到来，日本看守当局的大屠杀阴谋没有得逞。

"鸭子行动组"的队员们因此而被侨民们视为恩人和英雄，特别是那些孩子们就像尾巴一样，整天跟在他们后头舍不得离开，他们走到哪儿，孩子们也跟到哪儿。他们身上的纽扣、徽章，还有降落伞的碎片，都成了孩子们索要、珍藏的纪念品；有的女孩子甚至还剪下英雄的一小绺头发，留作纪念。

在17日之后，美军的B-29飞机成了潍县的"常客"，最多时竟有10多架同时出现在天空中。这些飞机来自关岛和塞班岛，任务是给潍县集中营空投食物和衣物。食物非常丰富，不但有大量的肉罐头、鱼罐头、水果罐头，而且有干果、糕饼和烟卷。这些食物、衣物都装在用两个油桶对焊而成的大圆桶里，每个圆桶都重达1吨以上。空投下来的物品足足堆满了一个大仓库。伴随着这些物资同时空投下来的，还有写给侨民们的传单：

> 日本政府已经投降。你们将被联合国军队尽快安排遣返。在这之前，你们的供给，包括衣服、食品、药品等，将由美国空军用空投的方式予以保证……注意不要吃得太多，也不要过度医疗。

飞机空投食品、药品和衣物

与此同时，侨民们也从潍县当地得到了大量补给。这里的大娘大婶们，当她们看到集中营里的孩子们打着赤脚、穿着破烂衣服走过大街的时候都很心疼，便互相招呼，回家找了自家小孩的鞋子衣裳送进集中营。还有当地的一些组织和团体，也给侨民们送来了粮食和蔬菜瓜果，这些东西都是用大车拉来的，每次都是满满的一大车。

自由了，可以吃饱饭了！侨民贝茜·阿特雷端着食物走出厨房

获得自由的侨民走出集中营,去当地集市买东西

一下子得到了这么丰富美味的食物,侨民们真是比"老鼠掉进米仓"还高兴。自从被关进集中营以来,他们总算吃到了饱饭。不管大人、小孩都放开了肚皮猛吃,吃了还要再吃,一副要把这几年亏欠的饭食全部吃回来的架势,没有吃够的时候。谁也不相信自己的饭量竟然会如此之大,一口气就能吃下几大盘东西。要是放在过去,这么几大盘东西足够自己吃两三天的。

就这么连续不停顿地吃了若干天,把好多人都吃伤了。再好的美味到了嘴里都变得没味了,而且一见到食物就有一种晕吐的感觉。他们这时才明白,为什么飞机投下的传单上要提醒他们"注意不要吃得太多"。

终于获得自由了,可以回到和平的生活了,侨民们的心情像秋阳下的田野,舒心怡然。他们现在的心思只有一个:"回家,回家,与亲人团聚!"

可是,一下要遣返这么多侨民,把他们送上回家的路,绝非一件容易的事。由于战争,山东境内很多铁路被破坏,火车停运了。而要让这么多的人走出潍县,没有火车这样的大运力还真的不行。为这事,侨民们大伤脑筋,美军的指挥官也大伤脑筋。

获得解放的侨民们急切盼望返回各自的祖国

结束了囚禁生涯的孩子们即将与父母团聚

幸好铁路方面非常同情侨民们，而且给予了切实的帮助。他们调集大批人马，抢通了从潍县至青岛的路轨，开出一趟专列，运送了600多名侨民到青岛。这样，这600多人就可以从那里乘船去往他们各自的祖国，或先去香港等地，再中转去他们要到的地方。

遗憾的是这样的专列只开了一趟就夭折了，剩下的800多人，只得靠军用飞机运走。人多而飞机运力有限，要获得一个飞机座位实属不易，好多人等得精神都要崩溃了仍然没能走。因而遣返工作时间延续得很长，当最后一批侨民离开集中营的时候，已是两个多月之后了。

朗顿·基尔凯很幸运,他是乘坐专列离开潍县的600多人中的一个。在同那些暂时还走不了的难友告别的时候,他很感慨。命运曾将他们捆绑在一起,而今他们将各奔东西。他知道这可能是永远的别离,世界太大,彼此相隔太远,也许不会再有见面的机会。

侨民们等待回家

他也为他在高墙外看到的每一幕而感动。当火车经过时，他看到农民、商人、小贩、妇女、儿童欢呼挥手，他们或是站在铁路边，或是从田野里跑来，听说好多人已在那里等候了几个小时，为的就是等火车飞驰而过时能向这些西方盟友致一声问候。

车到青岛，入住酒店时，侨民们又受到了一大群人的夹道欢迎，这让朗顿不禁想起了两年半前在日本兵押解下拖着沉重的行李步行穿过北平街头的情景。脚踩着酒店里厚厚的地毯，打开水龙头发现淌出的是热水——所有这些曾经熟悉、而今已变得陌生的情景，让他觉得恍如隔世。

他后来是乘船离开青岛的。在海上行进了4个半星期之后，他到达了旧金山，然后回到了芝加哥的家⋯⋯

英国人皮特和他的伙伴们选择了从香港中转回家。在轮船起航时，他跑到了甲板上。望着渐渐远去的香港，他流泪了。他忘不了在中国度过的那些时光，虽然在这里他受过磨难，但他已把这里看作自己的第二故乡。直到轮船驶入了大海，海岸线都模糊得看不见了，他还不愿意离开甲板。他说，他还要最后看一眼中国⋯⋯

侨民们离开集中营

芝罘学校部分师生在集中营留影

侨民们归心似箭

踏上回家之路

胜利了,回家了!

出发，回家

1500多名侨民中，也有一些人选择了留在中国。他们的回家，是回他们在北平、天津、青岛或者中国其他地方的家。

司荣宝和她的父母回的是北平。他们差不多是最后被遣返的人，在集中营待到10月18日才离开。这一天，正好是司荣宝的18岁生日。他们被卡车拉到了一个"小得不能称之为机场"的地方，然后上了一架货机。飞机上没有安全带、椅子和其他东西，他们只能在机舱边席地而坐，晃晃荡荡了一路到达目的地。

坐运输机回家的欧洲侨民

    与司荣宝相比,戴爱美和她的姐姐戴爱莲、哥哥戴绍曾、弟弟戴绍仁四人的回家之路还要更艰难些。他们的父母在陕西凤翔古城任教,他们此行要先坐军机飞行1000多公里,再坐160多公里火车,最后还要乘坐16公里的骡车才能到达。

    最难的是最后的16公里。秋雨霏霏,土路泥泞不堪,窄窄的木车轮陷入淤泥足有一尺深,再加上拉的人和行装多,骡车吱吱呀呀地走得极慢。照这样的速度,恐怕半夜也到不了古城。姐弟几个商量了一下,决定鼓起勇气下车步行。这样,骡车负重少些,也可以走得快些。

雨照样在下,道路照样泥泞。没走多远,姐弟四人便是满身泥水,无一干处。田间路边的农人们见了他们脏兮兮的样子,也都感到惊讶和困惑。

世道尚乱,道路两旁的高粱地里很可能还藏着伺机打劫的盗匪。可他们没空顾及这些,想的是怎么能在夜幕降临之前到达凤翔城,因为他们知道古城是要在天黑时关闭城门的,如果不能在天黑之前赶到城门口,他们就会被关在城门外了。

走向自由与和平

就这么紧赶慢赶,当他们赶到城门外时天其实已经黑透。不过他们运气好,不知何故,这天晚上过了8点城门依然没关。进得城来,街上漆黑一片,既无路灯也无行人。只好找人问路。找的第一个人没理他们,找到的第二个人却非常热情,说自己正好是他们父亲的学生,二话没说就在前头为他们带路。

当晚,他们的父母正在教会学校与同人们开校务会,那学生掀开竹帘子高声喊道:"戴师母,您的孩子们回来了!"

四个孩子也顾不得全身的泥浆,一起冲向父母的怀抱,哭着,笑着,喊着,满脸泪水,与父母紧紧拥抱成一团。三年了,他们已经整整三年没有见面。

从现在起,那种骨肉分离、担惊受怕的日子总算结束了。

终于团圆的戴爱美一家

第七章 / 永远不要忘记

前事之不忘,后事之师也。
　　　　　　——《战国策·赵策一》

　　战争是一面镜子,能够让人更好认识和平的珍贵。今天,和平与发展已经成为时代主题,但世界仍很不太平,战争的达摩克利斯之剑依然悬在人类头上。我们要以史为鉴,坚定维护和平的决心。
　　　　——习近平在纪念中国人民抗日战争暨世界反法西斯战争胜利70周年大会上的讲话

第二次世界大战期间，纳粹德国在其所占领的欧洲各国以及德国本土设立了近万个用来关押犹太人、吉卜赛人、敌国俘虏、共产党人、反法西斯进步人士和抵抗运动战士的集中营，如设在波兰的奥斯维辛集中营，设在德国的达豪集中营、萨克森豪森集中营、布痕瓦尔德集中营、拉文斯布吕克妇女集中营、贝尔根-贝尔森集中营，设在奥地利的毛特豪森集中营，设在法国的斯图道夫集中营和设在比利时的布伦东克集中营，等等。这些集中营，无一不是灭绝人性、罪恶滔天的人间地狱。

同纳粹德国一样，日本法西斯也曾在中国和被他们占领的其他亚洲国家设立了众多集中营，包括许多外侨集中营。在这些外侨集中营中，潍县集中营是当时中国境内规模最大的一个。

第二次世界大战结束后，纳粹法西斯的罪行得到清算，他们所设立的集中营受到揭露。

1947年7月2日，波兰国会立法，将距离华沙300多公里的奥斯维辛集中营旧址辟为殉难者纪念馆。1979年，为了向世界发出"要和平，不要战争"的警示，联合国教科文组织将其列入了世界文化遗产名录。这个记录着纳粹法西斯反人类残暴罪行的集中营在全世界已是家喻户晓，前来的拜谒者或者忏悔者每年都在280万人以上。

1960年7月，位于斯特拉斯堡市西南60公里的斯图道夫集中营纪念碑落成,时任法国总统戴高乐亲自前往剪彩。

1961年4月,前民主德国政府正式在纳粹德国的"示范"集中营——萨克森豪森集中营原址设立纪念馆。

1965年,在巴伐利亚政府的支持下,距离德国慕尼黑西北约80公里的达豪集中营纪念馆建成并正式开放。这个纪念馆,每年都会接待数十万访客前来参观……

然而,在万里之外的中国,潍县集中营的历史此时却在岁月的尘埃下依然静默着。

仿佛是曲终人散,已经回到各自祖国的被囚禁者们很少再说起那些曾经的往事;仿佛是时过境迁,在已经蜕变为现代繁华城市的潍坊——昔日的潍县,也很少有人记得这儿曾经发生过什么。

难道说,这个曾经关押过2000多名各国侨民的集中营果真就这样淡出人们的记忆,被遗忘了吗?

静默,静默!静默是有原因的。

第二次世界大战是人类历史上一次规模最大的世界战争。全世界共有61个国家和地区、20亿以上的人口被卷入战争,作战区域面积多达2200万平方千米,死亡人数多达7000万人,负伤人数多达1.3亿人。与这样的历史大劫难相比,潍县集中营只能算是大事件中一个很小的局部,一个较小的事件。历史学者们在忙于研究重大战争的时候，一时忽略对这样一个"小事件"的关注和研究，也是很自然的事。

所以，潍县集中营历史研究专家后来分析认为，潍县集中营被暂时忘记的原因是多方面的，而被历史研究领域暂时忽略是其中的原因之一。

研究专家们没顾得上，那么当事人呢，他们也忘了吗？

当然没有忘。那些丧失了自由和尊严、活在枪口和刺刀下的黑暗日子，那些忍饥受饿、挣扎在死亡线上的悲苦遭遇，已经成为他们灵魂深处刻骨铭心的记忆，怎么可能忘记呢？这段集中营的历史对于"二战"来说是"小事件"，但对于他们来说绝对是大事件。这段记忆，将影响他们一生，贯穿他们一生。

比利时人利奥波德·庞特记得，他的妈妈从集中营出来后在行为上常常表现得很怪异。她总是在家里储备一百块香皂，还有许多糖。她甚至会时常惶恐地对家里人说："看着吧，日本人可能还会再来的，他们还会来抓我们，把我们关起来，会杀了我们的！"

神情不安，心有余悸，这并不是个例。这是三年囚禁生活给集中营里的女性，尤其是母亲们留下的后遗症。虽然已经走出集中营，她们中的很多人却仍然走不出昔日的梦魇。

比起妈妈来，利奥波德从表面上看似乎没有那么多忧虑，毕竟他那时还很小，进潍县集中营时才2岁，出集中营时才5

岁。可他出集中营后会经常做噩梦，而且是同样的一个噩梦。在梦中，他被扔在了集中营近旁一个很脏很脏的地方，也不知是在哪里，而周围的人都在那里跑来跑去，使劲乱跑，任他怎么呼救都没人搭理，让他感到非常无助。梦的最后，总是有人抱起了他，他这才惊恐地醒了过来。都说战争之中孩子们是最可怜的，小小年纪老是做这样的梦，那是伤到内心了。

也有一些儿童的心理损伤比较特别。利奥波德的姐姐詹妮特从集中营出来时年仅7岁，因为每天要在天黑之前早早躲进屋内，她在被囚禁的三年里没见过夕阳，也没见过月亮，留在她印象里的只有那堵阴森森的高墙。那时候她很喜欢鸟，也喜欢肥皂泡，原因是鸟和肥皂泡都可以飞过高墙飞上天。奇怪的是走出集中营后没有了高墙，她反而不知所措了，第一次与朋友出去散步，因为看不到墙，她竟然感到头晕得厉害，心里非常恐慌，总害怕会有什么不好的事要发生……

相对于妇女与儿童，男人们的承受能力会强些，但他们也有烦恼和困惑。

美国人朗顿·基尔凯回到芝加哥的家后，曾应邀去一些团体演讲。当他讲到自己在潍县集中营的经历，讲起那里的饥饿和遭受饥饿的滋味时，会议的主持人和与会者都很不以为然。那位主持人居然鄙视并批驳他说："我们根本不相信物质的价值，我们认为生活的精神价值才是重要的。"

一直在后方过着衣食丰足生活的人们之所以奢谈生活的"精神价值"而不相信"物质的价值",鄙视谈论饥饿和食物的人,那是因为他们不曾品尝过极度饥饿的滋味,朗顿·基尔凯对此也能理解。可这事还是深深地刺痛并提醒了他,他发现"洞中方一日,世上已千年",原来自己已经与外部世界格格不入,与外边的人们已没有了共同语言。他也觉察到了:战争的硝烟已散,整个世界百废待兴,都在忙着建设和迎接战后的新生活,在这个时候有谁会喜欢听你诉说苦情,重新撕开心头刚刚结痂的伤疤呢?

话不投机半句多,朗顿·基尔凯的感受也正是潍县集中营大多数幸存者的普遍感受。从集中营回到家后,尽管原先所熟悉的一切——城市、街道、建筑和自己所爱的人都还依旧在那里,他们在内心深处却觉得自己是来自另一个星球。因为在战争中的不同经历,他们与周围的人已有很严重的隔阂;在旁人眼里,他们差不多已成了被社会淘汰的弃儿,是被关在时代门外的落伍者。

"忘记过去,你们必须忘记过去!"一个声音响在他们耳边。既是好心的劝说,也是来自现实社会的告诫。不用说,摆在他们面前的选择似乎只有一种,那就是克制自己,把所有关于潍县集中营的记忆深埋到心底。

"从集中营获救以后,我们都在想方设法忘掉那段在潍县集中营的痛苦经历。"英国人约翰·格兰特后来在回忆当年的情况时说。

"不要再去说集中营的事,要把它们忘记。"布莱恩·凯瑞和他的妹妹从潍县集中营出来回到英国家中时,他们的父母也是这么嘱咐他们的。兄妹俩与父母已经5年没见面了,3年多前当他们与同学们一起被关进潍县集中营的时候,布莱恩·凯瑞还是一个10岁的小孩。5年时间,他和妹妹都长大了,对父母和家庭却生疏了。他们都不知该如何开口去说发生在集中营里的一切。而他们的父母呢,除了要他们"忘记",还真没有别的法子可以帮助他们走出昔日的梦魇和阴影。

"忘掉",而且还要"想方设法"！不能不说这是一种无奈。

然而,一段历史是说忘记就能忘记的吗？

时间过得很快,转眼间几十年过去了。

岁月催人老。潍县集中营的2000多名幸存者中,当年的青壮年都已到或已过退休年龄,就连当年的小孩子们也在向这个年龄靠拢。

不过,岁月也在为他们疗伤。随着时光的流逝,伤痛逐渐淡去,心情正在平复,生活在走向正常。

这恰如一位诗人所说:"年老时,我开始重新生活,往事一幕幕浮现在我面前。那纷繁复杂、让人如陷深渊的过去是否已在漫长的岁月里消失殆尽？现在一切趋于平静……"（普希金《鲍里斯·戈都诺夫》）

在这样的时候，在他们心中，有一种情感自然而然地填补了进来，如春日的禾木一般迅猛滋长。那就是思念——对昔日难友的思念，对昔日难友情谊的思念。于是，相互间的走动多了起来，电话和通信联络多了起来，彼此慰藉的聚会也多了起来。这种聚会，起初还只是小范围的，只有几个人，很快就像滚雪球一样越滚越多，发展成了十几、二十几甚至更多人的集中营营友会、难友会。在北美是这样，在欧洲和澳洲也是这样。

英国籍的潍县集中营幸存者聚会时合影

1981年,"二战"结束后的第36个年头。夏季的一天,曾经是潍县集中营小囚徒的英籍博士大卫·米切尔与当年的小同窗、小难友约翰·霍伊特重逢于加拿大多伦多的假日酒店。望着彼此熟悉的脸庞,他们不禁聊起了在芝罘学校一起玩弹珠和在集中营受日本看守训斥的往事。

大卫·米切尔9岁时和同学们一起被日军关进潍县集中营。那时,他的当传教士的父亲病逝于中国,他成了一个孤儿,无依无靠。幸运的是他得到了集中营里众多侨民的关爱和照顾,尤其是奥运冠军埃里克·利迪尔总是像父亲一样呵护着他,帮助他学习成长,给了他一个温暖的童年。从集中营被解救出来后,他去过好几个国家,后于1974年带着妻子和孩子来到多伦

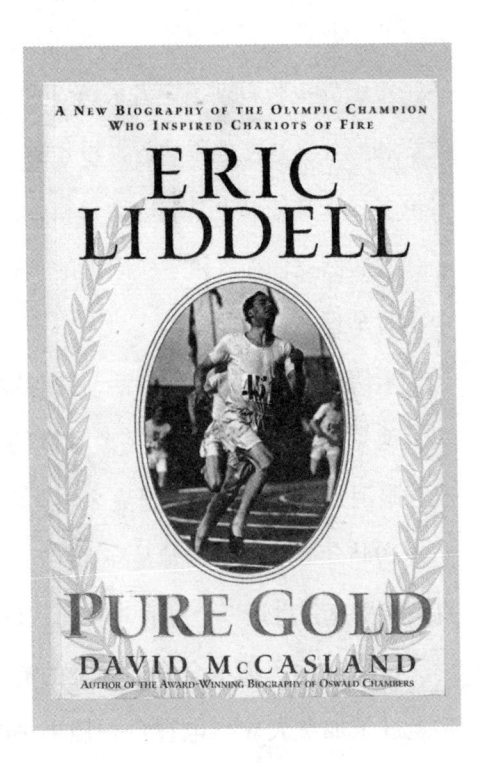

埃里克·利迪尔传记
《直奔金牌》封面

多工作、生活。

虽然离开了中国，可米切尔心中始终记得潍县集中营，记得埃里克·利迪尔和所有关爱、帮助过他的难友。他对霍伊特说："现在中国已经实行改革开放，对游客开放了，咱们为何不来一次故地寻旧，一起回潍坊——也就是昔日的潍县看看？"

几个月后，正当电影《烈火战车》公映的时候，米切尔在一张报纸的头版看到了记者采访埃里克·利迪尔的遗孀芙萝的文章和照片。这使他很惊讶，没想到芙萝还健在，而且就住在多伦多。于是他马上拿起电话簿找她的电话号码，一下就找到了，她居然就住在汉密尔顿附近的宾布鲁克，离多伦多只有一个小时车程。

米切尔拨通了芙萝的电话，并与她约定了见面的时间。很快，他见到了已经70岁的芙萝和她的女儿翠西、海瑟。芙萝流着眼泪告诉米切尔，埃里克·利迪尔给她写最后一封信的日期是1945年2月21日，她是在那年5月底收到的。就是说，她直到埃里克去世近三个月后才收到这封信。

在第54届奥斯卡金像奖揭晓的前一周，米切尔和芙萝一起走进了加拿大W-5电视台一档半小时的采访节目。节目主持人告诉观众，根据他的预测，电影《烈火战车》极有可能赢得奥斯卡大奖。后来的结果证明他说对了。

1982年，潍县集中营部分幸存者与埃里克·利迪尔夫人在烟台聚会

自从见到芙萝之后，米切尔回访潍坊、祭奠恩人埃里克·利迪尔的念头更加强烈，他与霍伊特来来回回写信商量计划，将回访时间定在1985年8月17日——那正是潍县集中营解放40周年的日子。

这次潍坊之行，随同米切尔、霍伊特一起前往的，还有霍伊特的姐姐玛丽、米切尔16岁的儿子、霍伊特14岁的儿子和玛丽13岁的儿子，以及两位会讲中文的朋友，一共8人。为了祭奠埃里克·利迪尔，他们还给潍坊带去了一块印有埃里克头像的匾牌。

犹如平静的湖面被投入了一块石头，激起层层涟漪，大卫·米切尔他们的到来一下搅起了潍坊城的陈年旧事。消息传

第七章 / 永远不要忘记　255

开，最惊讶的是这里的年轻人：怎么，他们所熟悉的市人民医院和市二中曾经是一处叫作"乐道院"的历史遗址？怎么，那个"乐道院"曾经是日本侵略军关押同盟国侨民的集中营？

很快，消息被坐实了。有老人们点头作证说，确实是这么回事。那些年，在这个不叫监狱的监狱里，关押过2000多位外国人呢！

轰然一声，关闭了40多年的记忆闸门又被重新打开了。

夙愿得以实现，大卫·米切尔很是兴奋，回到加拿大之后，他动笔写了一本回忆录，叫《战火童心》，记叙了自己和众多小伙伴在潍县集中营的遭遇，还原了一段不为人知的历史。这本书于1988年出版，出版后反响热烈，加印了两次。

来一次故地寻旧，回潍坊看看！在相隔了不算太短的岁月之后，这个愿望越来越强烈地涌上了从潍县集中营出来的幸存者们的心头。不忘来时路，他们已将那里视为自己生命中一个特殊的驿站。其中也包括美国驻中华人民共和国第二任大使恒安石和美国花旗银行前副董事长斯莫的夫人桑德拉·斯莫。

这位恒安石，就是当年受难友们推选逃离集中营的两个年轻人之一。"二战"结束之后，出于对自己的出生地中国的感情，他又特意从美国回到北京，在联合国救济总署驻华机构工作过几年。尔后，他进入芝加哥大学学习取得硕士学位，毕业后成了一名外交官，被派往中国香港和台湾地区以及日本、缅甸、埃塞俄比亚、巴基斯坦等国工作。20世纪70年代，他担任了美国总统安全事务助理基辛格的助手，随同基辛格秘密来华与周恩来总理密商尼克松总统访华事宜，为搭建中美之间的友好桥梁作出贡献。1981年，他受命担任美国驻华大使，继续为解决两国间的外交争端、实现正常邦交出力。

恒安石1981年至1985年曾任美国驻华大使

恒安石来昌邑探望旧友郝毓秀

第七章 / 永远不要忘记

在出任驻华大使期间，恒安石曾多次到潍坊旧地重游，还到他当年逃离集中营后所去的昌邑县抗日游击区参观，拜访旧交。1987年6月，刚刚卸任退休的他再次来到潍坊，寻访当年帮助过侨民们的恩人，特别是运粪工张兴泰及其长子张锡武。遗憾的是张兴泰和张锡武都已去世。回到美国后，他仍念念不忘中国，念念不忘潍坊，他说："直到今天我都对中国感到很亲近，有机会就去中国看一看，一般每年去一次。"

1987年6月，恒安石在卸任美国驻华大使后偕夫人回访潍县集中营旧址

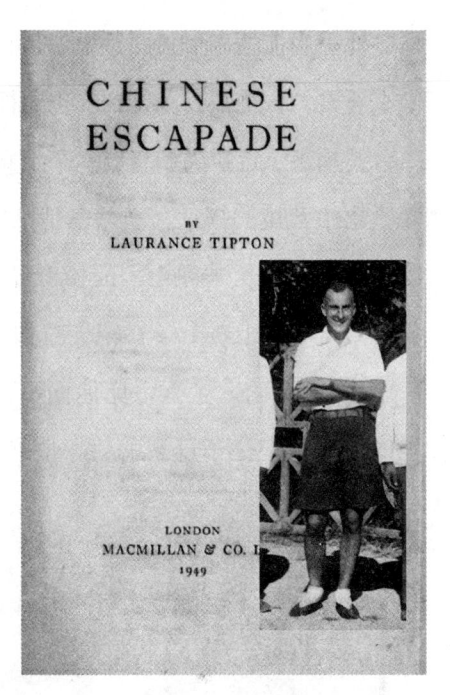

退休之后，恒安石也曾打算将自己一生的经历，尤其是从潍县集中营出逃的经历写一本回忆录，无奈由于种种原因没有完成。所幸的是那时与他一起出逃的英国人狄兰已经写了一部回忆录《中国逃亡记》，书中就记载了他们二人的那段特殊经历。

狄兰写的回忆录《中国逃亡记》

桑德拉·斯莫当年是在潍县集中营出生的。婴儿时没有记忆，长大后才听父母讲了那段苦难生活的经历。就从那时起，她就一直记挂着那片土地，想为之做点什么。1989年4月，她偕同丈夫一起访潍坊，实现了心中的愿望。为表达对出生地的怀念和对当地教育的关心，她用自己的积蓄在潍坊第二中学设立了奖学金，并欣然接受聘请担任了该校的名誉顾问。

自然，并非所有人都这么幸运，都能有机会重游故地。美籍医生司福来（弗瑞德·司考维尔）和他的妻子迈拉就是这样，他们生前的一个强烈愿望就是盼望能回他们生活工作过的山东看看，可是都没有等到实现这样的愿望就去世了。

司福来、迈拉夫妇育有六个子女，老大到老五都随他们在潍县集中营被关押过，老六也是在集中营怀上的。回美国后，妻子迈拉根据丈夫在中国的传奇经历写过一本书，叫《中国姜罐》，为了让六个子女记住这段历史，她在题献页上写了一句话："献给六个人，愿他们不遗忘。"这"六个人"——她的子女们记住了母亲的话，最终替父母实现了重访中国的愿望。

2016年，司福来的大儿子司来华、二儿子司济华专程赴济宁访问

山东济宁市第一人民医院的前身叫德门医院,司福来医生曾为之付出过无数心血。可这个医院多年来一直找不到司家后人,不知道他们在哪里。巧的是司福来的大儿子司来华(吉姆)有一天到纽约长岛一家医院看病,接诊的华裔医生彭沈一与他聊天,一聊聊到中国、山东、济宁,越聊越近乎,这才知道彭医生的祖籍正好是山东济宁。彭医生是个热心人,经他牵线,济宁市第一人民医院终于找到了司家子女,并盛情邀请他们去中国参加该院创建120周年庆典。

老大司来华和老二司济华此时都已80多岁。临出发前,司来华对女儿说:"要是我父母还活着,一起去多好!"女儿说:"他们会在那儿!"能够替父母,也替自己和弟弟妹妹回访故地,老二司济华(卡尔)更是感慨万千,他在归来后这样告诉友人:"没有人真正离开过中国,因为中国一直没有离开他。如果你在中国生活过,中国就成了你自身的一部分。"

与米切尔、狄兰和迈拉一样,潍县集中营幸存者中的不少人也拿起了笔,加入了撰写回忆录的行列。随着年龄的增大,他们都有一种紧迫感,觉得应该用文字将当年那段历史记载下来,告诉子孙后代,告诉世上更多的人,让他们知道在潍县究竟发生过什么,让他们不要忘记发生在潍县的那些往事。

并没有人组织和号召,也不用人组织和号召,随着一本本关于潍县集中营的回忆录的出版问世,出现了一个撰写回忆录的"小高潮"。其地域遍及欧、美、澳,其时间段自20世纪六七十年代一直持续至八九十年代,甚至过了千禧年依然余波不断。

这里仅列举其中一部分书目,作一展示:

《潍县集中营经历记述》/戴爱美(玛丽·泰勒)

《乐道院》/柯喜乐(诺尔曼·柯利夫)

晚年时的狄兰

《蘑菇岁月》/帕米拉·马斯特斯

《日军的囚徒》/柯喜乐（诺尔曼·柯利夫）

《时代的一片树叶》/西尔维娅·丘吉尔

《战火童心》/大卫·米切尔

《天空中的碎片》/帕特里克·斯坎伦

《宽恕，但不忘记：一位少女囚徒的回忆录》/乔伊斯·布拉德伯里

《无法尘封的历史：潍县集中营生活》/卡里·托吉森·马尔科姆

《山东集中营》/朗顿·基尔凯

《永恒之光》/约翰·霍伊特

《埃里克·利迪尔》/凯瑟琳·斯卫夫

《生于中国》/格拉迪斯·麦克穆兰-莫雷

《小洋人》/庞利权（德斯蒙德·鲍尔）

《维持安全》/玛丽·斯科特

《他在他们之前走了……》/梅雷迪思、克里斯蒂娜·赫斯比

《没有肥皂，也没了学校》/朗·巴瑞

《你别无选择》/希尔达·黑尔

……

这么多的回忆录，记述的角色和视角不同，记录的广度和深度也不同，所体现的价值却是相同的。这是集中营的幸存者

们给历史留下的一笔极为宝贵的财富。

战争改变命运，苦难磨砺人生。为了把这种苦难的历史记录下来，集中营的幸存者们还做了更多的努力。

潍县集中营被解放的时候，幸存者们曾"瓜分""鸭子行动组"空降时用过的降落伞片作为纪念。比利时人利奥波德·庞特全家在集中营共有5人，按照每人一片的分配原则，他们家分得了5片，连起来是挺大一块。这块伞片，作为庞特家的传家宝被珍藏起来，来客人时还会拿出来展示一番。

幸存者庞特至今仍珍藏着"鸭子行动组"用过的降落伞片

除了降落伞片，庞特家还保存着集中营囚徒的号码布牌，上面写着囚徒编号、姓名和用数字表示的国籍，也是一人一块，一共5块。利奥波德进集中营时才两岁，所记得的集中营里的事只是一些零碎的片段，更多的事都是后来听父母和姐姐说的。但作为一个从集中营里出来的小囚徒，他认同自己的这一身份，会经常向人讲述潍县集中营的这段历史，甚至走进国家电视台的演播室去讲述。而正是由于参加电视台的电视节目，他意外地遇见了汉奎特神父。

汉奎特神父当年在潍县集中营的囚徒中也是位重要人物。在策划狄兰他们逃离集中营的行动中，30岁的他是行动小组的成员之一。当他告诉年近花甲的利奥波德，他曾经在集中营里抱过他时，利奥波德感到十分惊讶。时隔半个世纪还能这样相遇，确实有点不可思议。

晚年的汉奎特神父

尔后的日子，利奥波德没少往汉奎特那儿跑。主要目的，是听汉奎特讲潍县集中营的故事。汉奎特知道得很多，也讲得很多，好些事都是他亲身经历的。他还介绍利奥波德认识了更多的难友,这些难友有的住在欧洲其他国家,有的就住在比利时,离利奥波德家不是太远。

利奥波德很高兴又认识了许多难友,他也抽空拜访他们,向他们请教,听他们回忆集中营的往事。就在这样的交往和聆听中,他的脑子一激灵,闪现出一个想法:应当建一个潍县集中营难友的网站!

建网站,首先得懂互联网吧,得懂互联网是怎么回事,得懂技术。可他不懂,不知道从哪儿入手,如何起步。可是想到建网站的好处,可以用来联络更多的幸存者,可以用来刊载和存放集中营的大量历史资料供全世界的人们阅读,他劲头十足,不顾自己年岁已大,决意要从学习互联网开始,把这个网站建起来。

功夫不负有心人,他成功了。没有多久,一个以"潍县1943.3—1945.10"为名字的英文网站诞生了。网站载有大量关于潍县集中营的文件档案和报章、书籍资料,都是利奥波德历尽艰辛搜集来的,既有文本也有照片,点击就可阅读。在网站的主页,利奥波德特意放上了两个鲜红醒目的汉字:潍县,并且写道:

这一网站是在幸存者的帮助下创建的……所有的文件、绘画、素描、文本和记忆都聚集在这里,以便于大家更好地了解我们在1943年、1944年和1945年所经历的那么多的漫长日子。

这个网站一经面世就产生了巨大反响，好评如潮，点击量直线上升，而且在利奥波德的操持下越办越好，20多年过去，已经有3200多页内容，真正做成了了解和研究潍县集中营的原始史料库。为了这个网站，他每天都在忙碌，用他自己的话说，哪怕一天有25个小时还觉得不够用。

像利奥波德这样的有心人，在集中营的幸存者中还有不少。兼有作家和讲师头衔的戴爱美（玛丽·泰勒）也是一位。

戴爱美从潍县集中营出来后去了美国，当过新泽西州议员和新泽西州坎浦顿青年中心主管。1997年的一天，她临时替代她的同事出席一个中、缅、印退伍军人公告会，见到了许多"二战"时在那些地方服役的老兵。她觉得这是一个寻找人的好机会，便问他们：是否有人认识当年空降潍县解放集中营难民的"鸭子行动组"7位英雄，知道他们现今都在哪里？

7位"鸭子行动组"英雄？有他们的名字吗？

有！戴爱美说。她一口气报出了7个名字，他们是：斯坦利·司太格、吉米·穆尔、吉姆·汉纳、塔德·长崎、彼得·欧立克、拉蒙·汉丘拉克和埃迪·王。

戴爱美说，几十年前离开集中营时因为走得急，都没有来得及与7位恩人告别，向他们致谢，现在她最想做的事就是找到他们，道上一声感谢。

遗憾的是在场的"二战"老兵都不认识这7个人，自然也不知道他们如今在哪儿。失望之际在场的一位情报官对戴爱美说，别着急，我可以给你提供全美范围内所有与这些勇士同名同姓的人的电话号码和住址。只不过，同名同姓，又符合你说的年龄段的人会很多，查找起来会比较费工夫。

戴爱美说她不怕费工夫，只要能找到恩人，费点工夫算什么。她很快就从情报官那里拿到了厚厚的一摞名单，用打电话、写信或发邮件的方法一个一个地去查找、询问。用这种"过筛子"的办法，她在美国国内成功地找到了6位英雄，其中4位还健在，有2位已经去世。对还健在的英雄，她都会通电话或登门拜访，成为他们的好朋友，并促使当地的报纸宣传报道他们的事迹；对已经去世的英雄，她也会想方设法找到他们的遗孀，代表当年的幸存者表示感谢。

7位英雄找到了6位，还有1位没找到，他就是"鸭子行动组"的翻译、中国人埃迪·王，也就是王成汉。戴爱美揣摩，他没能在情报官提供的名单里出现，说明他没在美国，很可能就住在中国。这让她有点犯难，中国离得那么远，又那么大，在十几亿人口里找一个姓王的人，真的不是一件容易的事。要知道，王姓可是一个大姓，在中国找一个姓王的人就像在美国找一个姓史密斯的人一样，太困难了。

可她没有放弃继续寻找的念头。这个"继续寻找"，一找就是18年——直到有一天，奇迹出现。

18年后的一天，已经82岁的戴爱美突然收到了一封电子邮件。邮件是用英文写的，标题是："我是埃迪·王（王成汉）的孙子。"看到这个标题，戴爱美的呼吸一瞬间停顿了，她屏住气把标题再读了一遍，这才小心翼翼地打开了邮件。

邮件开门见山地写道：

我叫王谦，是埃迪·王的孙子。他曾是"鸭子行动组"里的中国翻译，于1945年8月17日到过中国潍县集中营……我的祖父仍然健在，现年90岁，居住在中国贵阳，他十分健康。

天哪，王成汉找到了！他仍然健在，而且十分健康！戴爱美高兴得几乎惊叫起来，读了好久才读完王谦的电子邮件。

王谦说，他是一位摄影师，现在和妻子持临时签证住在南卡罗来纳州的一个小镇上。在他动身来美国的时候，祖父曾托付他帮助找寻"鸭子行动组"的其他成员。来美后因为忙，再加上找不到头绪，他一直没能完成此事。不久前，他看到一个故事，说的是美国一位军事摄影师"二战"时在飞虎队服役的事，于是又记起了对祖父的承诺。他想起祖父给过他一个名字，叫斯坦利·司太格，是当年"鸭子行动组"的少校组长，就以这个名字为线索上网搜索，一搜搜到了一个与潍县集中营有关的网站，又从网上找到了戴爱美的名字，知道她一直在寻找祖父王成汉，便马上发来了这封电子邮件投石问路。

王谦在电邮里写道：

我现在说不出有多兴奋了！我的手在颤抖！我把几星期前祖父90岁生日的两张照片附上。我不知道你是否能收到这封电子邮件，是否还记得他的长相。如果你还在寻找他的话请告诉我，我期盼着你的回音。

"踏破铁鞋无觅处，得来全不费工夫。"戴爱美喜出望外，立刻回复王谦说，自己找王成汉已经找了18年，希望能尽快与他通话。可看着王谦发来的照片，她心里还是有点不踏实，不敢贸然肯定照片上的这个人真的就是她要找的王成汉。时间过去了70年，她真的无法从照片上看出王成汉当年的模样，唯一的办法就是等通话时核实确认了。为此，她准备了16个想问的问题，都是与"鸭子行动组"、与王成汉有关的很细节的问题。她相信，除了王成汉本人，没有人能回答得了这些细节问题。

终于到了约定的通话时间。接通越洋电话，稍事寒暄后，戴爱美便按照自己的计划问了起来。可没等到把16个问题都问完，她就已经通过对方的回答完全确认他的身份了。在她心里，有一个激动的声音在喊："是他，真的是他，英雄和恩人王成汉——埃迪·王！"

"鸭子行动组"的英—汉语翻译王成汉90多岁了仍然精神矍铄

这一天的通话，隔着千山万水坐在电话两头的其实不只是戴爱美和王成汉，哪一边都有一家子人。通话在开始的时候还算平静，但说着说着温度就剧烈地上升，变得滚烫了。王成汉说，戴爱美大概是唯一一个记得他的名字叫埃迪的，这让他很感动。他记得戴爱美当年只有12岁，个子不高，是个挺乖的小女孩，短短几天，他们成了好朋友。

让戴爱美欣慰的是，王成汉的声音从遥远的贵州传来，听起来依然中气十足，一点也不像一位年届90的老人。在接通电话之前，她一直担心这么多年过去，王成汉是否仍然能说英语，而她的中文水平又有限，生怕无法交流，现在知道他老当益壮，英语能力、记忆力都还那么好，觉得特别开心。

这个越洋电话打了一个多小时，两位老人谈兴仍浓，都觉得还有很多话要说。自然而然地，他们都想到了同一个问题："今生今世，我们还会见面吗？"

王成汉说："会的！"戴爱美也说："一定会！"

2016年7月27日，戴爱美在家人的陪伴下，坐飞机来到了中国贵州省贵阳市。一下飞机，她顾不得到酒店放下行李，就直奔王成汉的家而去。此行，她还带来了18位潍县集中营难友写给王成汉的感谢信。

在贵阳夏日的阳光里，他们见面了。仅仅对视了几秒钟后，他们便认出了对方，并紧紧地拥抱在一起……

从64岁找到82岁，戴爱美终于找到了她心目中的英雄。再越一年，她又用这个期待了71年的"跨越太平洋的拥抱"感动了世人。

一个暖心的故事，结局也十分暖心。

享有"世界风筝之都"美誉的潍坊是中国一座生机勃勃的充满活力的城市。

这座在改革开放中焕发着青春的古城，十分看重那段发生在自己土地上的潍县集中营历史。

1991年6月,埃里克·利迪尔运动场暨纪念碑揭幕仪式在潍县集中营旧址举行。潍坊市各界民众代表和利迪尔生前友好米切尔、柯喜乐、沃克等利迪尔纪念基金会39位代表出席。纪念碑用从利迪尔家乡苏格兰马尔岛运来的花岗岩制成。后来,北京奥运会一周年倒计时庆祝活动期间,英国奥林匹克委员会首席执行官、英国奥林匹克代表团团长西蒙·克莱格曾专程前来向纪念碑献花。

英国驻华大使欧威廉到访潍县集中营陈列馆

1995年8月17日，正值潍县集中营解放50周年纪念日，潍坊市在集中营旧址举行纪念抗日战争胜利暨潍县集中营解放50周年的仪式，来自英国、南非和澳大利亚的数位集中营幸存者及其亲友参加了纪念仪式。

2005年，"潍县西方侨民集中营旧址"被潍坊市列为市级重点文物保护单位；8年后又被山东省列为省级重点文物保护单位。

潍县集中营解放60周年大会现场

集中营幸存者重访潍坊

2005年8月17日，潍坊市隆重举行"中国（潍坊）纪念潍县集中营解放60周年大会"。大会规模盛大，与会者多达数千人，从世界各地前来参加活动的集中营幸存者及其亲属多达100人。大会鸣放60响礼炮，并放飞和平鸽向幸存者致敬。

与此同时，潍坊市斥资对现存的7处集中营遗址进行修缮，设立了潍县集中营纪念馆（后改称博物馆）。纪念馆以大量珍贵的历史照片以及实物还原了那段不堪回首的黑色历史。这些历史照片和实物，是日本军国主义残害同盟国无辜侨民罪行的铁证。

幸存者及其亲属参加潍县集中营解放70周年纪念活动

　　结合虞河综合整治工程，潍坊市还在集中营旧址东侧修建了乐道广场，在广场上建造了潍县集中营解放纪念碑，竖起刻有集中营所有被关押人士姓名的花岗岩墙和表现集中营历史的浮雕墙。纪念碑命名为"胜利·友谊"，围绕着花岗岩碑身的是一组庆祝解放的人物群雕，还用一群自由翱翔的和平鸽衬托出碑顶的一行铜字：1945.8.17。

昔日难友再聚潍坊

纪念活动中，激动的难友

2015年8月16日至19日，为纪念潍县集中营解放70周年，潍坊市举办了"潍县集中营难友潍坊行"活动，有12位集中营幸存者带着他们的后代，总共80多人万里迢迢前来参加，重访潍坊，重温集中营的岁月，并按下手印留作纪念馆陈列。同时，埃里克·利迪尔铜像落成揭幕。

2019年9月，潍县西方侨民集中营旧址被中宣部授予"全国爱国主义教育示范基地"称号；10月，被中华人民共和国国务院公布为第八批全国重点文物保护单位。

2024年5月，乐道院潍县集中营博物馆正式更名为"潍县西方侨民集中营旧址博物馆"；8月，入选第五批国家二级博物馆名单。

……

所有这些活动和举措，都有效地引发了世人对于潍县西方侨民集中营历史的关注。

回想60多年前的痛苦经历，戴爱美与她的哥哥戴绍曾不禁相拥而泣

纪念大会上激动无比的难友

第七章 / 永远不要忘记 279

在历次活动中，幸存者们来得最多的是纪念集中营解放60周年那次，像戴爱美和她的哥哥戴绍曾，还有皮特、斯蒂芬、柯荣耀、安吉拉·艾略特等都来了。在集中营旧址，凝望着饱经沧桑的"十字楼"，他们百感交集，思绪万千；走进活动会场，紧握着那些曾经冒着风险帮助过他们的当地百姓的手，他们不由得潸然动情，泪湿衣襟。

一连几天，戴爱美一直处在激动中。

走出集中营后，她已经不是第一次回中国了，可每一次回来还是那么感动。欢迎晚宴上，白发苍苍的她端着一盘窝头，一桌一桌地走着，给在座的后辈们讲述昔日集中营里忍饥受饿的经历。8月17日的纪念大会上，她代表集中营难友讲话，面

幸存者戴爱美（玛丽·泰勒）在纪念大会上发言

对数千听众深情回忆了自己多年前第一次回中国,在北京国际机场亲吻土地时的情景,说:

我出生于河南开封,中国是我的母亲,我是跪下来亲吻自己的母亲,我终于回到家了!今天我们这群来自世界各地的朋友们中,许多人也都出生于中国。我们在这块土地上生活成长时,在座的多数人还没有出生;我们比诸位更早学说中国话、更早吃中国饭。今天,我们回到家了。

戴爱美还怀着感恩之心说:"我在潍县学到了一生受用的功课——善与爱一定胜过恶。潍县塑造了我,潍县将永远存在我的心中!"

与戴爱美一样激动的还有皮特。

皮特当年经香港坐船回英国时,是流着眼泪离开的。这次

集中营幸存者向潍县集中营纪念馆馈赠当年的画作

来潍坊,他带来了一件珍贵的礼物——母亲画的一大本水彩画。这些水彩画的绘画水平很高,都是他母亲在潍县集中营时画的,画的是集中营里的风景。皮特将它们都捐赠给了纪念馆,他说:"我母亲要是知道她的画作会成为这儿的展品,一定会特别高兴的!"

时间之河流淌,岁月残酷无情。当潍县集中营迎来解放70周年纪念日的时候,集中营的难友们又有了很大变化。他们中的多数人已不在人世,就连当年被关押的学生儿童都已80多岁高龄,就连在集中营里出生的婴儿也都成了年过70的老者!年岁不饶人,再让那些健在的难友漂洋过海坐飞机来潍坊参加纪念活动,难度显然不小。

令人意想不到的是,居然来了12位难友!非但自己来了,还带来了子孙后代。

86岁的哈康·叶福礼来自挪威,他不但带来了妻子、儿子、女儿,还带来了5个孙辈。他说:"我可能不会再回潍坊了,我已经86岁了,差不多已经活够了,但是我希望年轻的下一代还能回来,看看这个地方,不要忘记我们这代人的痛苦经历。"

当年在潍县集中营,叶福礼起初住在24区,后来被转到4楼靠近楼梯的一个房间。70多年后,他找到了自己那时住过的房间,他告诉子孙们,这个不大的房间那时要挤住8个人,

电网前的回忆

都是他在芝罘学校的同学,他最大,17岁,其余的都是16岁。他还带着家人去纪念馆里看那些当年的照片,他告诉孩子们:"连我在内,我们家有4个人在这里被关押过,这就是我们经受磨难的地方啊!"

相比之下,叶福礼年龄还不是最大的,最大的是司荣宝的丈夫柯德礼,98岁。带来子孙最多的也不是叶福礼,而是司荣宝和柯德礼,包括他们两人在内,他们全家来了14口人。

司荣宝是个有故事的人。70年前,17岁的她曾经挺身而出,挡住日本看守的皮鞭救过美国青年戴德森,留下一段"美女救英雄"的佳话，并与戴德森成了一对恋人。集中营解放后，她先是随父母回到北京，尔后又回到澳大利亚。隔着太平洋的云山雾海，她特别思念中国，就把自己的情绪写信告诉因工作需要还留在中国的戴德森。戴德森收到信后马上给她写了回信，在信中还夹了小半块芝麻烧饼。

这是小半块北京烧饼，已经很干了，可烧饼上的芝麻仍然很香。司荣宝流着眼泪回信感谢了戴德森，然后把烧饼吃了。几十年后，她仍然记得这件事，说："我尝到了北京的味道，太难忘了……"

一条情感的纽带将司荣宝和戴德森紧紧地连在一起，那就是对中国的深切感情。在戴德森不幸过世后，她再找老伴时依然还是要从集中营的难友里找。正好她和戴德森当年的好友柯德礼也已失偶，他们就自然而然地走到了一起。他们说，能带着全家十几口人来潍县集中营旧址寻踪，这是他们在晚年做的最了不起的一件事。

毕竟是98岁的老人了，柯德礼的记忆力已经不是很好，好多事情都记不大清了。可司荣宝虽已88岁，对集中营的一切记忆犹新，她带来了一本书，里面有张集中营的平面图，她就按着地图一路给家人们介绍当年的情景。她还拿出一件珍贵的纪念品——一个小布袋让后辈们看，布袋是她亲手缝制的，上面用各种颜色的线绣着一些人名。她说这是当年一起被关押的难友们的名字，现在有些人已不在了。她指着人名讲述他们的情况，希望后辈们记住历史。

"再过10年，我就85岁了，那时我还会回来吗？我不知道。"说这话的是75岁的布莱恩·布彻。布莱恩是英国人，出生于中国张家口，现住在加拿大。他8年前曾经回访过潍坊，这次又来了，和弟弟艾德里安·布彻一起来了。

艾德里安比布莱恩小5岁，当年布莱恩和爸爸妈妈一起在集中营受难的时候，艾德里安还在妈妈的肚子里没有出生，所以对集中营生活的了解都是从父母那里听来的，现在跟着哥哥到现场走走看看，感受就深多了。

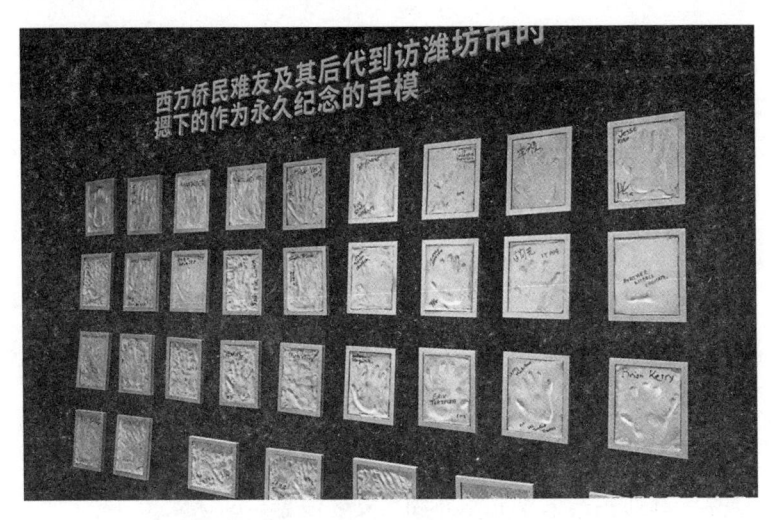

集中营幸存者及其后人到访潍坊时摁下的手模

作为年逾古稀之人,布莱恩确实拿不准自己10年后能否再来潍坊,但是看到精神矍铄的柯德礼,他的信心又来了,他笑道:"既然柯德礼先生在98岁的时候还能做到,还能回来,那么我还可以再回来两次!"

"我不是被关押者,我是代表妈妈来的,我可以按手印吗?"说这话的是来自美国的莎莉·费舍尔。莎莉·费舍尔的妈妈是潍县集中营的幸存者,现已去世。从小到大,莎莉听妈妈说过很多在集中营的事,那些梦魇在妈妈的脑子里一直没有消退。"妈妈被当作粮食充饥的茄子吃怕了,以至于离开集中营后的好多年,听到'茄子'这个词就有反应,受不了。"莎莉说,这次来看到了妈妈和她的难友们的囚禁地,心里特别感慨,她希望世界和平,不要有战争。

在得到工作人员允许后,她在印模上重重地按下了自己的手印,签下自己的名字。有在场的记者说:"这手印不但代表了她母亲,还代表了后代们的传承。"

在此次活动中,让参会的幸存者们和潍坊当地百姓喜出望外的一件事是:他们见到了非常想念的三个人。这三个人,一位是当年"鸭子行动组"成员王成汉,还有两位是奥运英雄埃里克·利迪尔的大女儿翠西和二女儿海瑟。

在被戴爱美找到之后,王成汉是第一次出现在集中营幸存者和潍坊民众的视野里。他的到来,使纪念活动的气氛变得更加热烈。人们都称他为英雄,由于"鸭子行动组"其他六位成员都已去世,所以好多媒体都把他称为"最后一位英雄"。大家簇拥着他,争着与他合影,那场面仿佛又回到了70年前集中营被"鸭子行动组"解放的那一刻。

见到王成汉,哈康·叶福礼特别兴奋。虽然王成汉实际上只比他大三四岁,可在他心目中的形象一直很高大,是从天空来的勇士和救星。他很高兴王成汉到了这个年龄身体还这么硬朗,思维还那么敏捷,更感叹命运怎么会这样神奇,让他在耄耋之年还能与恩人聚首。

集中营幸存者诺尔曼·柯利夫博士瞻仰埃里克·利迪尔纪念碑

第七章 / 永远不要忘记 287

潍县集中营解放77周年之际，王成汉和他的儿子
写给集中营纪念馆的赠言

翠西和海瑟都是第二次来潍坊。上一次，是在北京奥运会开幕之前过来祭奠父亲；这一次，她们是来为父亲铜像揭幕。埃里克·利迪尔的铜像矗立在集中营旧址十字广场的西南角，展现的是这位奥运冠军逆风奔跑的英姿。站在父亲的铜像前，谈及父亲的一生，姐妹俩不禁动情哽咽，内心充满对父亲的怀念。

姐妹俩很感激这么多年过去了人们仍然没有忘记她们的父亲。在潍坊的日子里，她们感觉自己始终被爱包围着，时时处处都有人向她们述说父亲当年给他们的帮助，并为这些帮助向她们表达谢意。海瑟后来还这样描述过她与大家一起瞻仰潍县集中营解放纪念碑时的感受："当我们给这个纪念碑献花的时候，我们看到有许多花是送给我们父母的。站在医院的台阶上看着纪念碑，我真的感觉到父母就在我们身边陪着我们，这种感觉很强烈……"

时序更迭，天地悠悠。

从渤海吹来的风，吹过潍坊城，也吹过潍县集中营旧址。

年复一年，"二战"的烟云已经渐飘渐远，参访这个遗址的人却越来越多。他们来自中国的大江南北，也来自世界的五洲四海。

幸存者克里斯蒂娜·约翰斯顿在纪念碑座上找到了自己的名字

《胜利·友谊》——高高耸立的潍县集中营解放纪念碑

行走在长长的姓名墙旁,抚摸着2000多个镌刻在花岗岩石墙面上的名字,人们也许依然能够听到2000多颗心脏的怦然跳动。

驻足博物馆展厅,面对一幅幅凝重的黑色照片沉思,人们也许可以更多地感悟到战争的残酷与和平的可贵,从而以史为鉴,反思战争,反对战争。

鲜花绿树环抱的乐道广场,《胜利·友谊》纪念碑矗立,警世大钟高悬。每到重要的纪念日,这大钟都会被撞响。

钟声喤喤,振聋发聩,那是在告诫世人——

不要忘记!

永远不要忘记!

本书作者(右二)与潍县集中营研究专家隋术德(左一)、夏宝枢(中)、韩荣芳(左二)及集中营清洁工张兴泰的小儿子张锡洪在潍县集中营纪念馆

参考文献

[1] 潍坊市外事与侨务办公室编.潍县集中营[M].北京：中国文史出版社，2017.

[2] 潍坊市人民政府，山东电影电视剧制作中心.潍县集中营（纪录片）.2017.

[3] 萨默维尔.二战战史[M].文娟，译.长春：吉林文史出版社，2017.

[4] 邓华.乐道院兴衰史[M].北京：团结出版社，2013.

[5] 冼杞然，刘美岐.被遗忘的潍县集中营[M].北京：中国电影出版社，2015.

[6] 朗顿·基尔凯.山东集中营[M].程龙，译.北京：学苑出版社，2015.

[7] 狄兰.中国逃亡记[M].崔书田，译.济南：山东人民出版社，2015.

[8] 高登·马丁.芝罘学校[M].陈海涛，刘惠琴，译注.济南：齐鲁书社，2013.

[9] Meredith, Helsby C. He Goes Before Them… . Greenwood:

OMS International，Inc，1993.

[10] 大卫·麦卡斯蓝.直奔金牌[M].苏心美，译.北京：世界知识出版社，2008.

[11] 蔡维忠.六个签名[J].散文，2018（4）.

[12] 于文级.李爱锐传略：献身中国的奥运冠军教育家[M].天津：天津社会科学院出版社，2009.

[13] Felton M. Children of the Camps. Barnsley: Pen & Sword Books Limited，2010.

[14] 齐英华.潍县集中营难友70年后再聚首.新浪博客，2015-08-24.

[15] 柴逸扉，王湘云.时隔71年，跨越太平洋的拥抱[N].人民日报海外版，2016-08-08.

[16] 王毓.铭记历史，难忘沧桑[EB/OL].大众网，2017-08-30.